本《ほん》所《じょ》慕《ぼ》情《じょう》

五《ご》藤《とう》一《いっ》芳《ぽう》

文芸社

一

川端の桃《もも》の木が、甘い香りを仄《ほの》かに漂わせている。

回向院《えこういん》裏の屋台『甚兵衛鮨《じんべえすし》』では、長嶺《ながみね》の善次《ぜんじ》が酢《す》じめの小鰭《こはだ》を肴《さかな》に酒を飲み、じっと竪川《たてかわ》の川面に目をそそぎ、何か物思いに耽っていた。青物《あおもの》を山盛《やまもり》に積んだ小舟が、大《おお》川《かわ》（隅田川）の方へ流れ過ぎていった。

「広門《ひろかど》、ちょっと寄って行こうぞ」

「若殿、止《よ》しませぬか。今日は、このまま帰りましょう」

「なあに、大丈夫だ。少し腹拵《はらごしら》えしていこうじゃないか」

年の頃、十四、五歳くらいの若侍二人が入ってきた。

二人は剣道具を抱えていたから、すぐ近くの男谷道場《おだにどうじょう》からの帰りらしい。善次は、静かに若侍の方に目を向けた。すると若殿と呼ばれた立花種恭《たちばなたねゆき》が、

「あっ、長嶺の善次さんじゃありませんか」

と快活な声をあげた。

「お前《めえ》さん達かい」

善次は腰掛けたまま、笑《え》みを浮かべて答えた。

「あの節は、大変お世話になりました」

立花種恭は、丁重に頭を下げた。

「なあに、なんて言うことありませんや」

善次は手を振って、お礼などいらぬという仕草をした。

二カ月も前だった。立花種恭と今村広門が甚兵衛鮨に寄った時、たまたま居合わせた破落戸《ごろつき》どもに因縁をつけられ、善次の、

「よさねえかい！」

の一言《ひとこと》で追っぱらってくれた。

それもそのはず、善次はすでに何人かの破落戸《ごろつき》を叩きのめしているほどの腕利《うでき》きで、遊び人仲間では相当に顔が売れた男だった。

日頃は両国広小路の米沢町の酒場『藤屋』で用心棒をしたり、時には界隈《かいわい》の顔役の岡《おか》っ引《ぴき》の勝三《かつぞう》親分の手伝いをして過していた。身体《からだ》はどちらかというと小柄だが、全身が鋼鉄のような筋肉質の持ち主である。

十年ほど前、琉球《りゅうきゅう》から江戸へやってきた空手の名人で、当初は薩摩藩の横暴を訴えるための運動を起こしたが、直訴《じきそ》もならぬまま江戸の暮しに慣れ切っていた。

首里城《しゅりじょう》近くの久茂地《くもじ》の出身といったが、空手の喧嘩殺法はもちろんのこと、棒術にも長《た》けていた。

善次は生まれ故郷への郷愁というか、愁思《しゅうし》する癖があった。春口になると、とくに

思い込みが激しくなり、別に琉球へ帰りたいと意識するわけでもないが、いつしか帰りたいという衝動に駆《か》られた。

両国橋を渡って本所の甚兵衛鮨へやって来るのも一人、憂《う》さを晴らすためである。

立花種恭には半年も前から顔を合わすようになったが、なかなか快活で、利発な若侍であると感じていた。善次は滅多に自分の方から口をかけないが、立花種恭には何か心許すものを感じていたせいか、

「いつも美味《うま》そうに食べるね」

と声をかけ、話を交《か》わす切《き》っ掛《か》けになった。

顔を合わすたび親しさを感じ、懇《ねんご》ろになった。無性《むしょう》に少年らしい明るさと、礼儀を弁《わきま》えた態度が気に入ったが、立花種恭も少年らしい純粋さで、破落戸《ごろつき》どもの事件以来、善次に素直な感謝の気持を抱いていた。

「お前《めえ》さん、御旗本の若殿ですかい」

「違いますよ、善次さん」

「ええっ？　何で、あっしの名前をご存じなんで」

「破落戸《ごろつき》どもに因縁をつけられた時、兄貴分格の男が長嶺《ながみね》の善次《ぜんじ》とか言っていたじゃありませんか」

「そうでしたかい。ところで、御旗本でないとすると、どこぞの藩のお方で」

「そこの二之橋を渡って真っ直ぐと行き、小名木川《おなきがわ》の高橋を越した靈巌寺《れいがんじ》の隣、下手渡《しもてど》

藩《はん》の屋敷が私の住まいです」

立花種恭は正直に答えた。すると供《とも》の今村広門が種恭《たねゆき》の袖《そで》をひき、

「若殿、町の無頼《ぶらい》の者に、あまり自分の家のことを話してはなりませぬぞ」

と小声で囁いた。立花種恭は広門の手を払いのけると、

「何も心配などいらぬ！　儂《わし》達の恩人じゃないか」

と叱りつけた。もちろん善次の耳にも入ったが、素知らぬふりをし、

「へえ、そうですかい。下手渡藩という御藩の若殿ですかい」

と相槌《あいづち》を打った。

「藩といっても、たった一万石の小藩ですよ」

「初めてお聞きする御藩ですが、どちらの方にあるんです」

「奥州伊達郡《だてぐん》の阿武隈《あぶくま》山中にある藩です」

「へえ、そうですかい」

「私も半年前に、藩主の養子に入ったばかりです。善次さんのことは、決して忘れはしませんよ」

「何の、そんなこと早く忘れてくだせえよ」

善次は照れかくしに、ぶっきらぼうに言った。だが賢そうな立花種恭の目の輝きに、善次は先程からの淀《よど》んだ心が綺麗に洗い流された気分になった。立花種恭らは小鰭《こはだ》の鮨を十二、三個も頬張《ほおば》ると、善次に挨拶して屋台から去っていった。

「旦那、お酒はどうしなさる」

甚兵衛鮨の親爺《おやじ》が、善次の酒が切れたのを察して声をかけた。

「そうだな、もう少し飲ませてもらおうか」

返事をすると、善次は竪川《たてかわ》の流れにふたたび目をやった。

嘉永《かえい》二年（一八四九）三月、穏《おだ》やかな昼下《ひるさ》がりのことである。

「あっ、今、打ち鳴らされたのは本所入江町の『時《とき》の鐘《かね》』だね」

「へえ、八つ刻《どき》（午後二時）の鐘でござんしょう」

甚兵衛鮨の親爺は、鮨《すし》のねたに手を加えながら返事をした。

善次には、先程帰っていったばかりの立花種恭らの爽《さわ》やかさが残っていた。

するとそこへ突然にばたばたと、けたたましい足音を立てて藤屋の下男の弥七《やしち》が走り込んできた。

「どうしたい、弥七」

「やっぱり、ここにいなすったのかい」

相当に走りまわったらしく、弥七は息を弾《はず》ませ急《せ》き込《こ》んでいた。

「おお、一杯やるか」

善次は落着き払い、盃《さかずき》を弥七の目の前に突きだした。

「とんでもねえ、そんな悠長《ゆうちょう》なことはしておれませんよ」

「慌《あわ》てて、どうしたんでえ」

「ちょっと店に、嫌《いや》な客達がいましてね。それで藤屋の旦那が、善次さんを探してこいと言いなすったのでさ」

「そうかい、承知した」

理由を聞くと、善次は素早く立ちあがり、

「親爺、また来《く》らあ」

と銭《ぜに》を置くや、急いで店から去った。

二

新芽《しんめ》へと変わった柳並木《やなぎなみき》の竪川《たてかわ》沿いに元町を抜け、両国橋へと急いだ。九十六間（約百七十五メートル）もある両国橋は、渡り切るのに時間がかかった。橋を渡りきった両国広小路は、いつもながら多くの人で賑《にぎ》わっていた。

広小路から、左側の二本目の路地に藤屋はある。店は五、六十人ぐらい収容できる広さだが、この日も大変な繁盛ぶりをみせ、店の中は人声でざわめいていた。

主人の藤屋功兵衛《ふじやこうべえ》は六十過ぎの白髪だが、中央の席に座って客の様子を見守り、きょろきょろと目を散らした。

「旦那、なにか揉《も》めごとですかい」

善次は帰り着くと早速、功兵衛に尋ねた。

「左側にいる五人の浪人達なんだがね、何となく怪《あや》しくってさ。お前《めえ》さんにいて貰ったが安心だから、呼びにやったのさ」

「あっしが帰ったからにゃ、安心しておくんなせえ」

「頼んだよ、善次さん」

「何だか威勢のいい大声で、話し込んでいるではありませんか」

善次は、浪人達の方へ目を向けた。

「手伝いの者に聞くと、物騒な話らしいよ」

藤屋功兵衛は顔を顰《しか》めながら、浪人達の方へ目をやった。
三、四年前から、わが国の周辺にはロシアやフランス、イギリス、アメリカなどの外国船が頻繁に往来し、通商交易を求めてきた。だが幕府は従来の鎖国政策を変える考えはなく、長崎で唯一、交易を認められたオランダの国王からも、「西欧諸国との門戸を開くように」と提案されても方針は変えなかった。
だが老中首座の阿部正弘《あべまさひろ》は苦慮し、他の老中らの牧野忠雅《まきのただまさ》や戸田忠温《とだただはる》、松平乗全《まつだいらのりやす》、松平忠優《まつだいらただまさ》、久世広周《くぜひろちか》と相談し、沿海警備を各藩に要請しだしたが、同時に天皇を中心とした神州国家の思想のもと、夷狄《いてき》に侵させるなと攘夷運動《じょういうんどう》も盛んになった。

徳川御三家の一つ、水戸家の徳川斉昭《とくがわなりあき》は積極的な尊王攘夷論を唱え、攘夷派の旗頭的存在だった。今では下級武士や浪人の多くが『攘夷』を流行言葉《はやりことば》に、平穏な社会に変革をあたえようとの風潮へと変わり、それへ便乗する浪人達も横行した。

「善次さん、お前《めえ》さんが贔屓《ひいき》の浅井先生も来ていなさるでえ」

藤屋功兵衛は危ない浪人達に目を離すなと伝え、小普請組《こぶしんぐみ》の貧乏旗本・浅井信之助《あさいしんのすけ》が来ていると告げた。

「へえ、浅井の旦那が来ていなさるので」

善次は、この男には珍しくにこりと笑《え》みを零《こぼ》した。

確かに右側のいつもの席で、浅井信之助が一人で酒を飲んでいた。あまり目立つ風体《ふうてい》でもない。背も高くもなく、太りも痩《や》せもしていない。身なりは、それなりに小綺麗な格好をしていた。

「旦那、久し振りでござんすね」

「おお、善次か」

浅井信之助は、善次の挨拶に笑顔で応えた。

二人とも同じ三十歳前後、旗本と用心棒という間柄だが、二人はなぜか馬《うま》が合った。

信之助の気さくでさっぱりとした人柄に、善次は心惹《ひ》かれていた。

「飲むか、善次」

信之助は、盃《さかずき》を善次の前へ突きだした。

「おっと旦那、今日はお付合いができませんのさ」

「なぜだい、いつもと違うじゃないか」

「いやあ、今日はあっしにお客さんが見えているのですよ」

「なんだ、用心棒の仕事相手か、どんな奴等だい」

「攘夷を名乗っている連中でさ」

「そうかい、今は下級武士の流行《はやり》だからな」

「どこまで真剣で言っているのか、分かりゃしませんや」

「仕事とあっちゃ、仕方がないな。お前が藤屋におれるのも、そのお陰だからな」

善次の用心棒暮しを知っているせいか、信之助もすぐに納得した。

「だけど旦那、お話の相手にはなりますぜ」

「そうか、それじゃ善次を酒の肴《さかな》につづけるか」

「そうしておくんなせえ」

二人はお互いに、武術の腕の確かさは知り合っていた。

数年前のこと、両国広小路で十二、三人の浪人達がかなり年配の商家の番頭らしい男に因縁をつけ金をせびろうとしているところに、善次と信之助が出くわした。当時、二人はまだ面識もなく、信之助は神田松下町の剣術師範・千葉周作の玄武館道場《げんぶかんどうじょう》からの帰りだった。

二人は偶然にも一緒に、番頭を救うために仲裁へ入った。ところが浪人達も、銭のための男を許すわけがなく、二人は浪人達を相手に戦う羽目になった。善次は空手と棒術で、信之助は鍛えた剣術で浪人達全員を打ちのめしてしまった。

それが切っ掛けで、善次が信之助を藤屋へ案内して付合いが始まった。付合えば付合うほど、二人の仲は深まった。同じような性格の持ち主であり、お互いに陰のない清廉な心が引きつけ合った。

信之助は善次が、なぜ琉球から江戸へやって来たのかの理由も聞いていた。現琉球王の尚泰《しょうたい》の前、十八代尚育《しょういく》の時に側近の長嶺家から選ばれ、秘密裡に入国したと聞いた。当然、信之助も自分は二百十五石取りの旗本であること、勘定方役人だった父親を亡くしてから、ずっと小普請組《こぶしんぐみ》にいると話した。

「おっと旦那、お客さん達がお帰りの様子です。ちょっと、お待ちくだせえ」

善次は浪人達の姿を察すると、席を立っていった。

攘夷派を名乗る浪人達は十分過ぎるほど飲み、騒ぎ終わると帰りの準備に入り、

「それでは、また来る。我々は尊王攘夷派の者である」

と訳の分からないことを言い、金も払わずに出ようとした。

藤屋功兵衛はすぐに、

「さあ、お前《めえ》さんの出番だ」

と善次に目配せした。

入口に待伏せした善次は、

「お前《めえ》さん達、飲み代は支払わねえのかい」

と鋭く問いつめた。

「何だと、我々は尊王攘夷派ということが分からぬのか」

浪人の一人が、威厳を示した。

「それが、どうかしなすったので」

善次には、脅しなど利《き》かぬ。

浪人達は脅しが利かぬと察すると、刀を抜いて迫った。善次は素早く身をひき、店の隅に置かれていた樫《かし》の棒を手に取ると、店の外へと浪人達を誘いだした。と同時に電光石火のごとく立ちまわり、五人の浪人達を次から次へと叩きのめした。

「嫌《いや》だねえ」

善次は吐息をつくと、金の代わりに浪人の一人の刀を抜きとった。

三

浅井信之助の家は、本所石原町《ほんじょいしはらちょう》にあった。

一応、門構えつきの二百坪の屋敷で、庭の立ち木《たき》も垣根の柊《ひいらぎ》も小綺麗に整えられてはいたが、何となく貧乏旗本らしく、ひっそりとうら寂しい。信之助は妻《めと》を娶らず、ずっと独身を通していた。

屋敷には、浅井家の一切を任《まか》された家人《けにん》の阿部五郎左衛門《あべごろうざえもん》と、四十歳過ぎの賄《まかな》い女のお鈴《すず》、下男の忠蔵《ちゅうぞう》だけがいた。

非役の小普請組《こぶしんぐみ》に十三年も置かれ、役職にも就けずにいるのだから仕方がないが、二百十五石の家禄で何とか家計を維持した。

「五郎左衛門、明日は鈴木健四郎《すずきけんしろう》の祝いの日じゃ、裃《かみしも》を準備しておいてくれ」

信之助は五郎左衛門に命じ、目を瞑《つむ》った。

美佐《みさ》に会えるかも知れぬと思うと、胸が急激に高鳴った。もう、八年は会《お》うてはおらぬと、心に詰まるものが込みあげてきた。

健四郎は幕府役人として順調に出世しており、健四郎の嫁になったのが正解だったと、信之助は美佐への恋情とは別の感情も抱いていた。儂《わし》は家督を継いで以来、ずっと小普請組であり、出世の道も断たれ、暇《ひま》な暮しを続けている。こんな男の所へ嫁に来なくて良かったと自虐的な思いもあった。

きっと儂の所へ嫁に来ていたら、

(美佐殿を不幸にしていたに違いない)

と考え、美佐は健四郎の妻になって良かったのだと、信之助は自分を納得させた。

明日は、その健四郎が勘定組頭までに出世した祝いの日だ。

祝いの席に呼ばれたのは嬉しいが、自分の腑甲斐《ふがい》ない状況と比較されそうな気分になり憂鬱でもあった。

こんな哀れな姿は美佐には見せたくないが、逆に美佐に会えるかも知れぬという期待も大きく膨《ふく》らみ、信之助の心は揺らいだ。

健四郎も美佐も、信之助とは幼な友達だった。美佐だけが三つ年下だったが、幼い時は同じ寺子屋で学んだ。

三人とも同じ本所でも、健四郎の家は竪川沿いの三之橋に近い本所緑町、美佐の家は信之助の石原町と緑町の中間にある南割下水の割堀の近く。それぞれが少し離れた所に住んでいた。

幼年期を過ぎると美佐とは一緒に学ぶこともなく、信之助と健四郎は算術を教える塾へ通った。二人とも親達が勘定方の役人であった関係から、そうせざるを得なかった。健四郎は確かに、塾での算術や帳簿つけの勉強は優秀であったし、塾長が感心するほどに上達していった。

それに引きかえ、信之助は真剣に学ぶ姿勢がなかった。

剣術の腕をあげることには懸命なのだが、計算や数字のことになると無頓着というか、親が勘定方役人だから仕方なく学ぶという姿勢が、誰にも分かるぐらい露骨に見えて真剣さがなかった。

だから幕府の役人でも、どちらかというと番方役人《ばんかた》（武官）向きであった。だが当時としては、自分で仕事を選べるわけではなく、家に伝わる世襲の仕事を受け継ぐしかなかった。

信之助は十七歳の時、父親を突然に失った。まだ塾通いをしている途中で、すぐには役職には就《つ》けて貰えなかったが、家禄の継承だけは許された。だが成人しても小普請組に入れられたままの状態がつづき、今日に至っている。信之助の算術や算盤《そろばん》などが、不得手であったのも原因していた。

それに引きかえ健四郎は、二十二歳になった時に父親から家督を引継ぎ、間もなく支配勘定職に就いた。もちろん、算術に長《た》けていたのが問題もなく役職に就けた理由といえた。

と同時に役職に就くや、健四郎は組頭の許可を得て、突然に美佐と一緒になった。

信之助は幼い頃から、ずっと美佐に対し恋心を抱いていたから衝撃が大きく、悔《くや》しくて嘆《なげ》いた。というより、二人は他人には知られぬように付合いをつづけた仲だったから、美佐に裏切られた思いも強かった。

信之助は、美佐のほっそりとし、色白で少し浮かんだ雀斑顔《そばかすがお》が好きだった。幼少の頃、亡くした母親の面影が美佐の顔の中にあったせいかも知れない。十二、三歳から十六、七歳の少年期に、二人はよく付合った。

隅田川沿いの浅草の土手の桜を見に出かけたり、本所深川の富ケ岡八幡宮へ、

「きっと二人は一緒になろうね」

と願を掛けに行ったりした。

深い付合いといっても、二人の間には体の関係は一切《いっさい》なく、せいぜい触《ふ》れ合うといったら、指切り拳万《げんまん》をした程度であったに過ぎない。

どこか傷《きず》をつけたくない気持が、信之助の心の底にあった。というより、信之助は美佐の側《そば》にいるだけで満足であり、大切にしたいという思いが強く、ずっと幼い時から慕いつづけてきた恋情を頑《かたく》なに守った。

青年になっても、その思いは少しも変わらなかった。

突然に健四郎の所へ嫁に行くと知った時は、

「なぜだ！」

と絶句するほど混乱した。

一時は、美佐や健四郎を憎《にく》んだ。そういえば幼い頃より健四郎は、美佐に馴々《なれなれ》しい態度で平気に触れていた。当時から健四郎は、信之助の存在など一切気にもせぬような態度を取った。

女に対し、積極的に興味を持ちだした十二、三歳の頃一度、好きな女の話を信之助と健四郎が告白しあった。

信之助は率直に、

「儂《わし》は、美佐殿が好きだ」

と言った。

すると健四郎は、

「美佐殿をか」

と、（ふっふーん）と鼻で笑う素振りを見せ、何も答えなかった。

それ以来、美佐に関して二人の間で話題になることはなかったが、突然に美佐が健四郎のもとへ嫁ぐと知った時、驚天動地《きょうてんどうち》としか言いようがなかった。

確かに鈴木の家は二百二十石取りの家柄だが、信之助の家とも大《たい》して違わない少禄の旗本である。

ただ健四郎は学業が成績優秀で、順調に幕府の勘定方の役職に就《つ》け、安定した状況にあったのは信之助とは違った。美佐を失ったせいでもあるまいが、信之助は妻を迎えることを考えなくなった。

少禄とはいいながら、旗本である。時には縁談の話を持ってきた人もいたが、信之助はいつも乗り気にはなれないでいた。三十歳の今になっても、美佐への憧《あこが》れの心は少しも変わっていない。

人妻への恋慕とは罪深きことだが、心の内に秘めた思いである。昔と違い、慕《した》う心が深まれば深まるほど、

(彼女の幸せは儂《わし》と一緒になるより、健四郎と一緒になった方が良かった)

との思いに変えて、恋慕の情を少しでも和《やわ》らげた。

恋する人を大切にしたいがための諦《あきら》めであり、幸せを願いたいばかりの断腸の心境と言えた。健四郎とは時折道端で出くわしたが、今まで正式の招待など受けたことなど一度もなかった。

幕府役人になってから、初めての信之助への招待であった。勘定奉行に次ぐ勘定組頭

への昇進祝いの招きは、健四郎の自信の表れに違いない。祝いの席に幼な友達の信之助を呼び、偉くなった自分の姿を披露したいという健四郎らしい傲慢《ごうまん》さの表れだろう。健四郎には組頭への昇進とともに、新しい役宅も日本橋若松町に与えられた。

信之助は過去の怨念《おんねん》も打ち払い、ただ美佐に会えるかも知れぬという期待だけに心が膨《ふく》らみ、なかなか眠られず煩悶《はんもん》のうちに夜を明かした。

四

鈴木健四郎の昇進披露宴は、七つ刻《どき》（午後四時）から新しい役宅で開かれた。日本橋若松町の屋敷は、入居前にかなり手を加えたのか、樹木や花々が数多く植え込まれ、築庭も見事に行き届いていた。

立派な門を入ると、玄関口への道の左右には馬酔木《あせび》や雪柳《ゆきやなぎ》の白い花が咲き綻《ほころ》び、連《れん》翹《ぎょう》も植えられていた。連翹は江戸時代になって日本へ伝えられた花である。庭のどこに咲いているのか、沈丁花《じんちょうげ》の心地《ここち》好い香りも漂ってきた。

披露宴は客間の周囲の部屋の襖《ふすま》を外し、三、四十畳の広さにした大祝宴会が準備されていた。

勘定奉行の石河政平、松平近直、久須美祐明、池田頼方の四人こそ招待することは適《かな》わなかったが、同役の勘定組頭の公事方《くじかた》（訴訟関係）二名以外をのぞき、勝手方《かってがた》（財政担当）組頭九名すべてが招待された。

他には以前に同じ役職であった勘定衆や、その部下の支配勘定など、仕事を通して付合い深い者達を迎えた。幼な友達の信之助など、大祝宴会の末席が準備されていたに過ぎなかった。

上席にいる組頭連中は恰幅《かっぷく》も良く、堂々としている者が多い。祝宴は、勘定組頭の古参の百瀬又之丞《ももせまたのじょう》の、

「鈴木殿、おめでとう。これからは、我々組頭と同役である。一層、お上《かみ》へのご奉公に専念され、仕事一途《しごといちず》に精進されたい」

との挨拶で始まった。

祝宴も進むと、健四郎は上座から順に出席者への挨拶にまわりだした。信之助は、場違いな場所へ招待されたような気分にいた。それでも健四郎邸を訪ねた時から、美佐《みさ》の姿を追いつづけた。

席に着くと、すぐに女中達に指図している美佐の姿を見つけることができた。八年ぶりの再会だったが、美佐の美しさは少しも変わってはいなかった。やはり自然に、信之助は胸のときめくのを覚えた。

途中、美佐も信之助の存在に気づいたようだが、ちらりと見たきり、素知らぬふりを

通した。だが信之助は、美佐に会えたことに心を満たした。

まだひとつも口は利《き》いては貰えぬが、美佐の姿をじっと目で追った。八年ぶりの再会だけに、ずっと躍る心の高ぶりを抑えることができなかった。

信之助の宴席の周囲は昔の友達か、鈴木家の縁戚の人達らしく、信之助は二、三の人にどこかで会った記憶がある程度で、誰一人として親しい人はいなかった。そのため、ずっと口を利《き》くこともなく、独酌《どくしゃく》をつづけた。

対面の末席には、幼い二人の男の子が行儀正しい姿勢で座っていた。多分、健四郎と美佐との間の子であろうと想像した。

「浅井様、どうぞ」

宴も深まり、ところどころで乱れを見せはじめた頃、美佐が信之助の席に酌《しゃく》を勧《すす》めにやってきた。信之助は、（はっ）と思った。動悸が高まり、胸の鼓動が響《ひび》きわたってしまいそうな錯覚に陥った。

真っ正面に対面した美佐の美貌は、相変わらずに美しく、眩《まばゆ》いぐらいに感じた。もう顔面は真《ま》っ赤《か》になっているのが信之助は自分でも十分に分かるほど狼狽し、せいぜい出てきた言葉は、

「美佐殿も、お元気のご様子、何よりでござる」

と、精一杯に繕《つくろ》うことしかできなかった。

「浅井様も、お変わりござりませぬか」

信之助の様子を窺《うかが》うような視線を送った美佐の顔の雀斑《そばかす》は、昔と違い心なしか薄く消えてしまっていた。それよりもなぜか、美佐は信之助を名字《みょうじ》（姓）でしか呼ぼうとしなかった。

（もう昔の、親しい付合いをしていた頃の私ではありませぬぞ）

と、言い聞かせているようでもある。

だが同時に、美佐はなぜか知らぬが、何かを訴えたいような憂《うれ》いの目で信之助を見つめ返した。表向きの言葉や行動と違い、何かを信之助に訴えたい視線を送られると、どうしたのかと疑念の心が湧いた。

美佐の仕草や所作を見ている限り、今の生活に満足し、幸福《しあわせ》に送っているとしか考えられないが、あの目の表情は何だろうと懸念した。

憂いの目は何かの不安でもあるのかと反芻《はんすう》するが、美佐の動きからすると、信之助の思い過ごしにも感じられた。

「向こうの席のお二人は、美佐殿のお子様ですか」

「ええ、嫡子《ちゃくし》の健太郎と次男の健蔵でございます」

「健四郎殿に似て、なかなかと利発そうに見えますのう」

信之助には珍しく、褒《ほ》め言葉を遣《つか》った。

「いいえ、本日は父親の晴れがましい席ですので、神妙にしているのでしょう」

美佐は、相好をくずして説明した。

だが二人の男の子のことを聞かれたせいか、どこか美佐は少し恥じ入るような微妙な表情をみせた。信之助は二人の男の子はどちらに似ているのだろうと、対面の二人をじっと見つめた。

すると二人の男の子とも健四郎によく似ているようで、まさに幼い頃の健四郎を彷彿《ほうふつ》させる顔付が二つ並んでいた。

「浅井様のお子様は」

美佐が尋ねた。

「いや、儂《わし》には嫁はおり申さぬ」

（えっ！）

美佐は驚いた表情を見せ、

「まだ、お一人でございますのか」

と、強く見つめ返してきた。

「左様、いまだ独り者《ひともの》を通してござる」

美佐はふたたび、憂《うれ》いの目を信之助に向けた。

それに、（なぜです？）と言わんばかりの複雑な表情と、不思議に安堵したような表情の入り乱れた女心を感じさせる素振りをした。

信之助には、今でも美佐がますます魅力的な女であるのは間違いなかった。落ちついた物腰からして、先に感じた何を訴えたいのかとの疑問はあったが、今の生活に十分に満足しているものと信じた。

美佐の今の姿からすると、小普請組《こぶしんぐみ》のままの自分の姿が哀《あわ》れでもある。だが非役の小普請組といえども、幕府の常備軍に組み入れられた組織で、小普請組にも世話役や組頭、小普請支配がおり、全体は小普請奉行が統轄した。

信之助も小普請組に入れられてから、ずっと手を拱《こまね》いていたわけではなかった。組頭への逢対日《あいたいび》である毎月十日と晦日《みそか》の二回は必ず面談に訪ね、幕府役職への斡旋を頼んだが、役職にはなかなか就けて貰えなかった。

「本日は旦那様のお祝いの日でございます。どうぞ心置きなく、酒《ささ》を召しあがってお帰り下さいまし」

美佐は酌をしたあと、席を立った。

束《つか》の間《ま》の美佐との会話だったが、信之助は心の中に支《つか》えていたものが溶け去ったように思った。見れば見るほどに、今でも美佐は清楚で魅力的といえた。

ただ祝宴の途中、幸せな感触とは別に、憂《うれ》いを含んだ目差《まなざし》が信之助の心に引っかかった。

宴も終盤に近づき、漸《ようや》く健四郎が信之助のいる末席にやってきた。

「信之助、よう来てくれた」

健四郎は役職に相応《ふさわ》しい、貫禄を十分に備えていた。

暫《しばら》く見ぬ間に、また一回《ひとまわ》り大きくなったように思える。ふてぶてしい態度は幼い頃と少しも変わってはいない。

「おめでとう。随分と早く、偉くなったものだのう」

信之助は、似つかわしくないお世辞を言った。

「お前はまだ小普請組のまま、暇《ひま》な日を送っているのか」

健四郎は、とても屈辱的な言葉を平気で吐いた。

「ああ、それでも十二、三年もつづけていると、慣れてしまったがね」

信之助は、やや捨鉢《すてばち》な返事をした。

「その年になるまで非役のままじゃ、どうにもなるまい」

健四郎は自分が勘定奉行に次ぐ勘定組頭の役に就いたせいか、自信に満ちた態度を露骨に現わした。

「これも儂《わし》の宿命と思うて、諦《あきら》めているよ」

信之助の自暴自棄的とも言える言葉に、健四郎はいつもの、（ふっふーん）と鼻でせせら笑う素振りを見せ、暫く無言を通したあと、

「どうだい、一杯やるか」

と盃を勧《すす》めた。

「そうだ信之助、勘定方で仕事を世話しよう」

「えっ、本当か、健四郎」

一瞬、信之助は身を乗りだした。

思いも寄らない仕事の紹介だったからだ。

「支配勘定《しはいかんじょう》の仕事でも構《かま》わぬだろう」

「もちろん、仕事を選べる立場ではないのでね」

支配勘定とは本来、御目見《おめみえ》以下の御家人《ごけにん》が就く役職だったが、下級旗本はまず支配勘定に就き、それを皮切りに昇進の道を辿《たど》る者も多かった。

健四郎でさえ、当初は支配勘定から出発した。

「よし、分かった。今度の朔日《ついたち》に、御城《おしろ》大手門内の下御勘定所《しもおかんじょうしょ》へ出頭せよ」

組頭らしい貫禄で、即座に告げた。

信之助には思いがけない仕事の斡旋ゆえ、幼馴染みの健四郎が自分を気に掛けていたのかと、その誘いを有難く受け取った。

五

信之助の屋敷は支配勘定へ役職が決まったせいか、どことなく明るい雰囲気へと変わった。不思議なものだ、役職が決まったというだけで、浅井家に奉公する数少ない者にも元気が湧いてきた。

活気づいており、屋敷内の手入れも以前と変化した。先代から奉公している阿部五郎

左衛門などは信之助の面前へ進み、

「旦那様、良うございますか。将軍様へのご奉公、一途《いちず》になさりませ。すれば浅井家も、安泰でござりまする」

と問い聞かせた。

信之助も理解はできても、面倒くさい説教には辟易した。

「それに次は、奥方様でござります。浅井家を保つためにも、早よう男の子を作らなければなりませぬ」

信之助は、懇々《こんこん》と諭《さと》された。

それでも朔日《ついたち》の前夜は、鯛《たい》の尾頭《おかしら》つきで前途を祝ってくれた。信之助とは五郎左衛門しか同席はできなかったが、下男の忠蔵や賄い女のお鈴にも特別にお祝いの膳があたえられた。翌日は朝六つ刻《どき》（午前六時）には本所石原町の家を出て、御城《おしろ》の下御勘定《しもおかんじょう》所《しょ》へと向かった。

下御勘定所は大手門を入った突きあたり、三の丸入口御門の横にあった。幕府の金庫番の役所だけに、かなり規模の大きい建物である。

まず鈴木健四郎の所へ案内を乞うた。

すでに健四郎は出仕し、本丸御殿へ上《のぼ》る前の勘定奉行へ詳細な財政状況の説明を熟《こな》していた。五つ半刻《どき》（午前九時）を過ぎた頃まで待たされ、ようやく信之助に面接してくれた。

「ああ、浅井信之助か」

健四郎は、難しい顔付で応対した。

昔の幼な友達への雰囲気ではなく、威厳を示す態度で、

「脇坂蔵人《わきさかくらんど》を呼べ」

と近くの役人に指示した。

「何でござりますか、組頭殿《くみがしらどの》」

呼ばれた脇坂蔵人は、すぐに健四郎のもとへ駆け寄ってきた。

「先日、話をしておいた浅井信之助だ。然《しか》るべき、手配を致せ」

脇坂蔵人に命じると健四郎は素知らぬふりをし、自分の机上に積みあげられた書類の山へ目を移した。

「それでは、こちらへ」

脇坂蔵人は、信之助を別室へと案内した。

脇坂蔵人は、どうも人事担当の役人らしい。腰が低いというより、無表情な男であった。自分の仕事を淡々とこなす、味も素《そ》っ気《け》もない男のようである。

「間崎殿、槙殿、組頭殿の口利《くちき》きで入《はい》られた浅井信之助殿でござる。よしなに、お頼み申す」

脇坂蔵人は信之助の職場となる席へ案内すると、そそくさと去っていった。

「浅井信之助と申す、宜《よろ》しくご指導下され」

信之助は自己紹介し、丁寧に頭を下げた。

「いや、こちらこそ宜《よろ》しくお願い申す。間崎誠之《まざきまさゆき》でござる」

一人が挨拶すると、もう一人の男もつづいて、

「槙正太郎《まきしょうたろう》でござる」

と告げた。

間崎誠之と槙正太郎とも、信之助より四、五歳は若かった。間崎誠之は外連味《けれんみ》のない男で、活々《いきいき》としていた。事前に健四郎と同じ年齢と聞いていたのか、丁重に接してきた。一方の槙正太郎のほうは、やや口の重い男に見えた。

「何分にも、今まで一度も仕事に就いたことがござらん。これが初めての仕事でござる、思う存分に教えて下され」

信之助は、正直に自分のことを伝えた。

「お気に召されるな、追々、分かり申す」

間崎誠之は優しい心持ちの男で、信之助の不安を和《やわ》らげてくれ、十分に面倒をみる姿勢を示した。

槙正太郎も口数こそ少ないが、意地の悪い男ではなさそうだ。ややもすれば、職場の先輩には嫌な奴がいると聞かされていただけに、良さそうな同僚にめぐり合い、ほっとする気持になった。

間崎誠之は同じ部屋で働く者達に順を追い、紹介していった。信之助には誰もが熟練

者に見え、臆する気持になったが、間崎誠之の快活な所作がそれを打ち消してくれた。

「勘定所に入る前に、ご誓紙《せいし》を出されたと思いますが、仕事は何も難しいことはござらん。ただ誠実に、ご奉公するだけでござる」

「淫《みだ》らな行為を起こさず、公儀を重んじ、奉公することを誓ってござる」

信之助は返答した。

「この仕事は、誘惑が多うござる。各大名や御三卿などからも付届けがあり、自分の俸禄以上のものも贈られることがあります。清廉を守ることこそ肝要でござる」

間崎誠之は、勘定方役人の心得を率直に教えた。

確かに信之助は職場での最初の出発に際し、間崎誠之の言葉を強く肝に銘じた。それから休日を迎えるまで、信之助は精一杯仕事に夢中になった。算盤《そろばん》や帳簿つけも塾時代から得手《えて》ではなかったから、失敗を重ねることも多かった。

だが、先輩同僚の間崎誠之は、叱ったり苦言を呈しなかった。

「慌《あわ》てなくとも、良うござる。この仕事は正確さが望まれますする。決して間違いだけは起こさぬように、気をおつけ下され」

とだけ言った。

槙正太郎は横で二人の会話に耳を傾けても、じっと信之助を見据えたあと、また黙って机の仕事に向かった。物静かで口数は少なく、やや暗い性格のようだが、別に信之助に悪意を持っている様子はなかった。

支配勘定の者には、月四、五回の休みが与えられた。暫くは休みといっても、信之助は勘定方の上役や小普請組の組頭、支配役などへと挨拶まわりで多忙をきわめた。

一カ月も経《た》ち、帰宅時間が迫った頃、信之助は健四郎の部屋へ呼出しを受けた。

「どうだ信之助、仕事は慣れたか」

幼な友達というより、上司の態度で問いかけられた。

勘定方には、四人の勘定奉行につづいて十二人の勘定組頭がいる。組頭のうち、二人は公事方《くじかた》、十人が勝手方《かってがた》だった。健四郎は新しい勝手方組頭として辣腕《らつわん》をふるい、急激に頭角を現わしてきていたせいか、態度は自信に満ちていた。

「はっ、懸命に頑張っており申す」

信之助も昔の友人という意識を捨て、職場の上司という考えで答えた。

「それなら結構、儂《わし》の顔を潰《つぶ》さぬように頼むぞ」

健四郎は周《まわ》りの者にも聞こえる声で、信之助に上役らしく冷たく言った。

信之助は（健四郎らしいな）と思いながらも、へりくだった態度で応じた。

「十分に承知しており申す。鈴木殿に大変お世話になったことは、決して忘れるなどありませぬ」

健四郎を、もう呼捨てにはできぬなと感じた。

六

信之助と健四郎が話を交《か》わしている間に、執務部屋の役人達も帰ってしまい、二人だけになった。すると突然に健四郎は、

「美佐《みさ》が宜《よろ》しくと、言っていた」

と信之助を煽《おだ》てるような言い方をした。

咄嗟《とっさ》に（嘘だ）と、信之助は思った。美佐が、そんなことを言うはずがない。幼い時から人を食ったようなところがあったが、自分が美佐を愛していたのを知ったうえでの台詞《せりふ》としか思えぬ。

信之助は健四郎の言葉を無視し、

「別にお話があるのではござらぬのか」

と自分を呼出した要件を早く聞こうとした。

健四郎はいやに落着き払い、

「特別に話というわけでもないのだが、ちょっと頼みたいことがあってな」

と言った。

「何でござる」

信之助は、真剣な目差《まなざし》を向けた。

「信之助だから、頼めることだが」

今度は上司という立場でなく、友達関係だからという言い方をした。

信之助も、ならば自分も友達の立場で話そうと思った。

「お前には世話になっているんだ。何でもいいから、率直に言ってくれ」

喋り言葉を変えて言った。

「職場の他の者には、絶対に漏らすなよ」

健四郎は声をひそめた。

「ああ、分かっているとも」

信之助は何でも、健四郎の言うことに従おうと思って答えた。

「実は大した物じゃないのだが、儂《わし》がずっと書きつけてきた控《ひか》え帳《ちょう》をなくしてな」

「何だ、そんなことか」

軽い気持に、信之助はなった。

「儂《わし》がお前のいる同じ職場から昇進した時、消えてしまったのだよ」

健四郎は案外、真剣な面持で言った。

「大切な控え帳なのか」

「いや、儂の仕事の控え帳でな、他の者には見られたくないものなんだ」

「間崎誠之殿や槙正太郎殿にも、尋ねればいいではないか」

「他の者には見られたくないのだ。だから、信用のおけるお前に頼むんだよ」

信之助は健四郎の話しぶりから、何か訳ありのものと想像し、

「承知した。少し書棚などを整理して、探してみよう」

と返答した。

「だけど、おおっぴらにはしないでくれよ。もし見つけたら、すぐに儂《わし》のもとへ届けてくれ」

健四郎は、妙に媚《こ》びた言い方をした。

信之助は、変な頼みようだと思った。単なる控え帳なら、誰に尋ねてもいいはずではないか。それを幼な友達がどうの、信用できる人間だからどうのと、いささか解せなかった。だが健四郎にとっては、重要な控え帳であるに違いない。信之助は少なくとも、そう考えざるを得なかった。

もしかしたら秘密の控え帳探しのため、自分を役職に就けたのではなかったのか。信之助は疑問に感じても、やはり自分を役職に就けてくれた健四郎の頼みごとは聞かざるを得なかった。

信之助は執務部屋の周辺を細かく整理しながら、健四郎の控え帳を探しつづけた。担当の違う職場にも目を配り、共通して利用する書類棚にも頻繁に足を運んでは、ひとつずつ書類をめくって整頓しなおして探した。同僚の間崎誠之には、

「浅井殿、如何《いかが》なされた。何か探し物でござるのか」

と問われたりした。

「いいえ、何ごともありませぬ」

信之助はその場を繕《つくろ》ったが、どこか気まずい思いを残した。

本当は正直に話をしたかった。だが、健四郎からのたっての願いと聞かされているだけに、素直に吐露できなかった、そんな時、もう一人の同僚の槙正太郎はじっと心を透《す》かすように、信之助を見つめた。

信之助の職場は、幕府直轄地の代官領からの徴税報告の記録を担当していた。ということは、幕府の収入が決定する部署であり、年貢米の決定や新田開発の状況等が報告されると、それが裁決され、幕府収入金として記録された。

大体、幕府の収入金は一定していたが、若干は年貢米の割合の変化や、新田開発などの変化で、多少の収入額が上下することがあった。幕府には、予算というものがなかったと言われていた。というのも石高《こくだか》は大幅が決まっており、出費だけを抑えるのが財政運営の方策であったからだ。

出費には厳《きび》しい制度が設けられ、『三役の判』というものがあった。勘定方の出費を決定した役職者の「起《おこ》し印《いん》」、勘定吟味役の「中印《ちゅういん》」、勘定奉行の「決裁印《けっさいいん》」の三役の判で、的確であるかを照合する仕組みになっていた。どんな些細な出費でも、三印がなければ実行できなかった。それにしても収入の部でも、手心の加え方ではかなりの金額のものが利益にも、損失にもなり得た。

暫くは、信之助による健四郎が紛失したという控え帳の探索はつづいた。だが一向《いっこう》に、見つけることはできなかった。

「探し物なら言って下され、儂《わし》は長く勤めてござれば、どこに何があるかはすぐに分かってござるぞ」

間崎誠之は、親切に言ってくれた。

信之助は、いまだ本当のことを明かせずに、意に反して誤魔化《ごまか》しつづけた。

一カ月半が過ぎた頃、朝の時刻に出仕してみると、槙正太郎が執務部屋で首をくくって死んでいた。

「どうしたことでござろう」

下御勘定所全体が、大騒ぎになった。

「自害でござるのか」

との問いには、

「いや、首をくくってはござるが、自害とも断定しがたいとのことでござる」

と、役所内は槙正太郎の死を巡り噂が飛び交《か》った。

早速、目付《めつけ》の仁平忠勝《にひらただかつ》が、徒目付《かちめつけ》ら数人を引きつれ調べを開始した。信之助には衝撃が走った。

無口がちだったが真面目《まじめ》一途《いちず》な男の槙正太郎が、突然に自害したのには驚いた。長年、同僚として過した間崎誠之も、不安は隠しきれず悲嘆にくれた。と同時に、

「槙殿は自害ではござらん」

と、自信を込めた言い方をした。

間崎誠之には槙正太郎の死に関し、何か確信めいたものがあるようだ。

七

目付《めつけ》の仁平忠勝《にひらただかつ》らの死体検分はつづいた。吊《つる》された槙正太郎《まきしょうたろう》は下ろされ、徒目付《かちめつけ》の組頭のもと数人が調べに立ち会った。

「死因は、絞首《こうしゅ》であるのには間違いないな」

仁平忠勝は、配下の徒目付らに確認した。

「左様でござります」

「自分で首をくくって、自害したかどうかだな」

「遺書もないところを見ると、自害とも断定はしがたく存じます」

仁平忠勝は（うーん）と唸《うな》った。

「同僚の者とは、そなた達か」

側《そば》に控える間崎誠之と信之助に、仁平忠勝は目を移した。

「はっ、同僚の浅井信之助殿と私め、間崎誠之でござる」

腰を低くし、間崎誠之は答えた。

仁平忠勝は年齢的にも信之助が先輩かと思ったが、率先して間崎誠之が返答するので不審に思った。

「浅井信之助とやら、そなたが一番の古株ではないのか」

年齢から疑問に思い、年配の信之助に尋ねた。

「私はまだ、御奉公にあがって二カ月半しか経《た》ってはおりませぬ」

信之助は、少し恥じ入るような気持で答えた。

「そうであったか」

仁平忠勝は、納得した表情をした。

「間崎、何故《なにゆえ》に槙正太郎は自害ではないと言いきったのじゃ。何か根拠でもあるのか」

先程の間崎誠之の言をしっかりと耳にし、問いつめてきた。

「槙殿とは、長年の付合いでござります。自害など、思いも寄らないことです」

「それでは、自害ではないという理由にはならないではないか」

黒紋付《くろもんつき》姿の仁平忠勝は、姿格好だけでなく心のうちも冷厳《れいげん》であった。

「いいえ、槙殿は特別な調べものをしていると言っておりました」

「どんなものであるか、聞いていたのか」

「十分に結果が出たら、教えると言っていました」

「ただ、それだけのことか」

仁平忠勝は、じろりと睨《にら》んだ。

「真剣な調べようでした。目的を持った男が、突然に死を選ぶでしょうか。何回も申しあげますが、私との付合いにおいても決して自害などあり得ませぬ」

間崎誠之は、あくまでも断定的な言い方をした。

職場での間崎誠之と槇正太郎は正反対の性格ではあったが、お互いにそれを認め、相当に気を許し合った仲でもあった。どうも間崎誠之は、自害でないという確信めいたものを掴《つか》んでいるらしい。

「浅井信之助とやら、そなたはどう思う」

仁平忠勝は、次に信之助へ尋問の目を向けた。

「私めは短い付合いでござりましたから、一向《いっこう》にいずれであったのか、本当のところは分かりかねます」

信之助は、率直な気持を伝えた。

「間崎誠之が言うように、自害など考えられぬということはどうだ」

「そうかも知れませぬ。口数の少ない方でござりましたので、職務上の用件以外、ほとんど口を交《か》わしておりませぬ」

信之助には、槇正太郎が自害をしたのか、殺害されたのかは正直なところ、本当によく分からなかった。

近辺の調べが終わると、目付の仁平忠勝は勘定役の高村正蔵《たかむらしょうぞう》や脇坂蔵人、勘定組頭の鈴木健四郎ら多数の者に尋問したあと、勘定吟味方《かんじょうぎんみがた》改役《あらためやく》の権藤又十郎《ごんどうまたじゅうろう》、勘定吟味役の北村内膳《きたむらないぜん》らの意見聴取をして引きあげた。

数日後、自害したとも、殺害されたとも断定しがたいと結論した。そのため目付配下の小人目付《こびとめつけ》二人に籤《くじ》をひかせ、一人を自害担当に、もう一人を他殺担当に決定し、捜査が続行された。

丁度、槇正太郎の弔《とむら》いも終わった頃だった。

間崎誠之は、暫くは打《う》ち拉《ひし》がれていた。その様子から、かなり深い友情を育《はぐく》んでいたのも分かった。

信之助は沈み込んだ間崎誠之を慰《なぐさ》めようと思い、酒席へと誘った。間崎誠之も、信之助と同じようにいける口であった。

最初は仕官以来、世話になったことへのお礼と、槇正太郎との絆《きずな》の深さを褒《ほ》め称《たた》えるとともに、死に至ったことを慰《なぐさ》めた。

間崎誠之自身もここ二、三カ月、一緒に仕事をしてきて、信之助の気心もよく分かってきていた。

少々、仕事の面で不向きなところは見られたが、根は正直で、裏表のない性格であるのも承知していた。

酒が進むと、間崎誠之は以前と同じように饒舌《じょうぜつ》になった。快活で口が軽い割には、人を陥《おとしい》れたり、罠《わな》にかけるような男ではない。

「浅井殿、あなたには以前、一度お会いしたことがあるのはご存じか」

突然に、探るような目で言った。

「間崎殿とでござるか」

「左様、覚えてはござらんか」

「一向《いっこう》に存じあげませんが」

信之助は、まったく記憶になかったから首を捻《ひね》った。

「鈴木健四郎殿の、勘定組頭昇進祝いの宴ですよ」

「そうでござりましたか、あの宴でしたか」

「あなたは末席で、つまらなさそうに一人飲んでおられたではありませんか」

「場違いでございましたかな、私めなど……」

「興味を持って見ておりましたぞ。鈴木殿の奥方様とは、昔からのお知合いのようでござりましたな。浅井殿に対し特別の思いがあるようにお見受け致しましたが」

「いやあ、そんなことまで見ておられましたか」

信之助は美佐《みさ》の話に触れられ、頬《ほお》を少し染めた。

「ところで、鈴木殿とはどれだけのお付合いでござるのか」

「幼い時から、健四郎殿が役職に就く年頃まででござろうか」

信之助は率直に答えた。

するると間崎誠之は、

「あなたは勘定方に入るにあたり、鈴木殿に何か意を含まれてござるのか」

と尋ねてきた。

信之助は酒が進んだとはいえ、思い掛けないことを尋ねられていると感じ、一瞬、口を噤《つぐ》んだ。

「申しわけありませぬ、つい立ち入ったことをお尋ね致しました」

間崎誠之は日頃の姿勢にもどり、行き過ぎた質問を詫《わ》びた。

「いいえ、遠慮は要りませぬ、何でも聞いてくだされ」

信之助には、何も隠《かく》しごとなどない。

信之助は役職に就いて一ヵ月経《た》った頃、健四郎に控え帳を探して欲しいと言われた以外、何も特別に頼まれなかったから素直に答えられた。

「鈴木殿に依頼されたものはござらぬのか」

信之助は控え帳のことはあったが、重要でないと思い、きっぱりと答えた。

「ありませぬな」

間崎誠之は暫く無言のまま、盃《さかずき》に何回か酒を注いでは飲みほした。

そして意を決したかのように、

「あなたは、鈴木殿の腰巾着《こしぎんちゃく》でも何でもありませぬな。少なくとも、あの宴席でのご様子から察すると、自分のお考えを持った方と見ており申したが」

と、真剣な目差《まなざし》で言った。

間崎誠之には珍しいというか、初めて見せる、男らしくきっぱりした態度で、信之助に接してきた。

八

信之助は健四郎の世話にはなったが、自分の心の中まで従属した覚えはない。確かに幼い時から図々しい奴だったが、やはり役職に就けて貰った恩義は忘れられない。間崎誠之は何を言いたいのか、疑いの目で見ざるを得なかった。健四郎に悪意を抱いているのか、どうも判断しがたかった。

「浅井殿、ここだけの話でござるが、槙殿が生前に言い残されたことがあります」

声をひそめ、間崎誠之は囁くように言った。

「どういうことでありますのか」

信之助に、首吊りの現場での間崎誠之の確信めいた言葉が甦《よみがえ》った。

「もしも儂《わし》に何かがあったら、勘定役の高村正蔵殿にある物を預けているから、引き取って調べものをつづけて欲しいとのことでありました」

「何でありましょうか」

「実は儂《わし》にも分かりませぬ。ただ何かの秘密資料であることだけは間違いないようです」

「槙殿が、内密に調べものをしていたというのですか」

「多分、そうでありましょう」

間崎誠之は秘密をばらしたのだから、お前も仲間だといわんばかりの目をした。

「高村殿からは何時《いつ》、引き取られるのです」

「目付《めつけ》の方達《かたたち》の取調べが一段落しましたから、近々にはお話しようと考えております」

「どんな内容のものでしょうね」

「浅井殿も興味がありますのか、それでしたら一緒に高村殿の所へ参りましょう」

間崎誠之は、信之助を誘った。

打《う》ち萎《しお》れた間崎誠之を慰める酒席が逆に、槙正太郎が持っていた秘密を打ち明けられる席へと変わった。そればかりではなく、秘密を探る仲間に入れられ、一切、これに関しては絶対に内密にし、他言はせぬと誓《ちか》わされた。

というより、信之助は間崎誠之によって強引に誓ったというのが本音《ほんね》だ。しかも秘密の資料を得るため、共に高村正蔵のもとへ同行することも約束した。

間崎誠之と飲み合った後、別れると、信之助は日本橋界隈《かいわい》の宴席の場から帰途についた。

両国広小路に着いた頃は丁度、陽《ひ》も沈み暮六《くれむ》つ刻《どき》（午後六時）を迎えていた。ところが両国橋を渡り、本所側の橋の袂《たもと》で長嶺の善次とばったりと会った。

「善次、ご機嫌のようだな」

信之助は目に留まると、軽く声をかけた。回向院《えこういん》裏の屋台の甚兵衛鮨ででも一杯やってきたのか、善次はほんのりと赤ら顔をしていた。

「あっ、浅井の旦那じゃございませんか」

善次は、嬉しそうな声をあげた。

「儂《わし》ものう、日本橋界隈で一杯やってきたのよ」

「何だか、随分とお会いしていませんね。勘定方へお仕事が決まったんですって」

「そうなんだよ、仕事に就いてから色々と多忙を極めてな。それに役所勤めとなると、気軽にお前の所の藤屋へも行かれぬわ」

「へえ、そういうこって」

「善次、儂《わし》の家は知っているな」

「本所石原町でござんしょ」

「そうだ。今宵は、これから一緒に家へ行き、飲もう。同行せい」

信之助は間崎誠之との話や、日頃の鬱積《うっせき》した憂《う》さを晴らしたかった。

「あっしらがお屋敷に邪魔しちゃ、ご迷惑ではござんせんのか」

「お前は儂《わし》の唯《ただ》一人、心を許せる友だよ。何が迷惑なことがあるものか」

信之助は、善次を強引に引きつれて家へ向かった。

家人《けにん》の阿部五郎左衛門は不釣合《ふつりあい》な善次を見ると、露骨に嫌な顔をした。

「奥座敷へ、案内せい」

　信之助の命令に、あらわに不服な態度で接した。

「旦那様、あんな者を屋敷内に入れてはなりませぬ」

　声を押し殺し、信之助に耳打ちした。

「いや、あれは信用のおける男じゃ。儂《わし》の大好きな友じゃ、心配は無用にせい」

　信之助は、叱るように怒鳴った。

「それより酒を準備せよ、今宵は二人で飲み明かすのじゃ」

　尻込みする善次を座敷へと案内し、対面に座らせた。

「あっしなどが、御旗本のお座敷へ上がってようござんすのか」

　善次は、ずっと尻込みしていた。

「遠慮することなどいらぬ。御城《おしろ》ならいざ知らず、ここではお前と儂《わし》は対等じゃ」

　賄い女のお鈴《すず》と下男の忠蔵が、酒と肴《さかな》をそそくさと準備してきた。

「仕事には就《つ》きたいと念願していたが、実際に役職に就いてみると大変じゃ」

「何だか、急な役職就任でございましたね」

「幼な友達の健四郎の口添えで決まった」

「以前にお聞きしたことのある、ご出世された幼な友達の方でございますね」

「ああ、昔から算盤も帳簿つけも優秀で、頭の良《い》い男だった」

「浅井の旦那は、それに引換えて剣術一筋でありましたのか」

善次は表情も変えず、皮肉っぽく言った。

すると、信之助も（馬鹿めっ）と言わんばかりに笑《え》みをつくった。

「鈴木様の奥方様は浅井の旦那にとっちゃ、大切なお方でしたよね」

「ああ」

信之助は一瞬、言葉をつまらせた。

儂《わし》の心の内を知っているのは、この男だけだと思った。随分と前に、酔いにまかせて美佐《みさ》のことを告白したことがあった。

善次は口が堅く、決して信之助の話を他人に漏らす軽薄さはなかった。

「会ったよ、八年ぶりに、美佐殿に」

「如何《いかが》でございました」

「昔と、ちっとも変わっていなかった。というより、もっと美しくなっていたね」

信之助は何を思い出したのか、一人で頷《うなず》いた。

「浅井の旦那はおっしゃっていたじゃありませんか、自分の妻にならなくて良かった、そのほうが美佐様は幸せだった、と」

「気持は同じだよ。儂《わし》なんかと一緒になるより、ずっと今が良《い》いさ」

「お会いになってからでも、同じ気持ですかい」

「そりゃ、そうさ。あの人の幸せを考えると、その方が良いに決まっている」

「そんなもんですかい」

信之助は美佐の姿を思いだすたびに、いつも同じような考えが浮んだ。

自分の愛する美佐を不幸にしない配慮こそ、最大の愛情の深さだと思った。儂《わし》と一緒にいなくとも、美佐を慕《した》う心が消えるわけでもない。

「美佐殿のためなら、儂は死んでも良いくらいに思っているよ。幼い時から年頃まで付合って交《か》わした言葉には、決して嘘はなかったと信じているから」

「へえ……」

返事をしながら、善次も十五、六歳の頃に恋した琉球の娘、加那《かな》との遠い想い出を甦《よみがえ》らせた。

九

日本橋界隈《かいわい》の料亭に酒席をもうけてから数日後、信之助は帰り際に、

「今日は、ご予定はいかがですか」

と間崎誠之《まざきまさゆき》から、そっと尋ねられた。

「構《かま》いませぬが、何ごとですか」

「先日の件ですよ、高村殿と会う約束がついています」

「一緒にお供《とも》せよとのことですね」

「勿論ですとも……。神田・鎌倉河岸の泥鰌屋《どじょうや》『一力《いちりき》』の二階です。先に行っていてくれませんか」

「お店の場所は分かるでしょうか」

「鎌倉河岸の堀端《ほりばた》に沿ったところだから、すぐに分かりますよ」

「承知しました。それでは、先に行ってお待ちしています」

信之助は間崎誠之の指示に従い、一人で役所を出た。

江戸城大手門前の酒井雅楽頭《さかいうたのかみ》の屋敷から左折して進むと、一橋卿の屋敷裏に神田橋御門があった。それをくぐってから右折し、堀端沿いに向かった。

竜閑橋《りゅうかんばし》の手前に、目的の泥鰌屋があった。そこの座敷へあがり、四半刻《しはんどき》（三十分）も待つと、間崎誠之と高村正蔵が次々と現われた。

勘定衆の高村正蔵は床を背に座ると、

「そなた達は勝手に酒を頼んで、飲んで下されよ」

と即座に言い、仲居へ目を移した。

「高村殿は、下戸《げこ》でございましたな」

間崎誠之は微笑《ほほえ》み、様子を窺った。

「儂《わし》は好物の柳川鍋をつつくから、そなた達も気兼ねなく」

高村正蔵は、気さくに笑った。

すでに四十歳半《なか》ばを過ぎ、こつこつと長年にわたって、同じ勘定役の仕事を勤めあげてきた真面目さだけが、取柄《とりえ》の人物といえた。

「高村殿には、私めも槙殿も大変お世話になり、ご指導いただきました」

間崎誠之は、高村正蔵との繋《つな》がりを説明した。

「浅井殿、もうお仕事も慣れましたかな」

高村正蔵は、大先輩らしい落着きで聞いた。

「いや一向《いっこう》に……。相変わらず、間崎殿に迷惑をかけており申す」

「なんの、なんの」

間崎誠之は苦笑し、手を左右に振った。

「この方はお年に似合わず、正直一辺倒なところが気に入ってござる」

信之助の人柄を紹介した。

「鈴木殿とは、ご昵懇《じっこん》であるとか」

高村正蔵は、きらりと目を光らせた。

勘定方の役職に就いたのが、健四郎の口利《くちき》きだったから、役所内では健四郎と深い関《かか》わりがあると思われているらしい。

「浅井殿は信用のおける人物でござる、儂《わし》が保証致しまする」

間崎誠之は、高村正蔵の疑いを晴らすように言った。

「お年《とし》がお年だけに、お仕事に慣れるのも大変でありましょう」

高村正蔵は慰《なぐさ》めるような、揶揄《やゆ》するような言葉を吐《は》いた。

信之助は、何かと喋りながら様子を探っているなと思った。追従《ついしょう》して気に入られようとしたり、逆に反発する姿勢も見せずに、むしろ高村正蔵の目をじっと見詰めつづけた。酒は一滴も飲めないくせに、高村正蔵は泥鰌鍋《どじょうなべ》は好物だと見えて瞬《また》く間《ま》に、三つもお代わりをして平《たい》らげた。

信之助は間崎誠之を相手に酒を口にしたが、どうも調子があがらなかった。

半刻《はんとき》（一時間）も経《た》った頃、間崎誠之が、

「高村殿、実は槙《まき》殿から、預けられている物があるはずですが」

と問いかけた。

「ええっ、何のことでござる」

高村正蔵は惚《とぼ》けた。

「私どもには、白《しら》を切らなくても良うござる」

「無体《むたい》な言い方であるな」

少し怒ったように反発した。

「本当に、何も預かってござらんか」

「覚《おぼ》えがないな」

間崎誠之は、首を捻《ひね》った。

確かに信頼のおける先輩、高村正蔵殿に重要な物を預けたと、槙正太郎は言っていた。自分が聞き間違えるはずがなく、不可解というほかかない。

「高村殿なら、絶対に安心な方である。何ごとも高村殿に相談し、調べものを進めていると申しておりました」

間崎誠之は告げた。

「信頼していただき結構なことだが、何も預かってないものは仕方がない」

高村正蔵は知らぬ、存ぜぬを通した。

「槙殿が嘘をつくはずもござらん、奇異なことであります、のう」

間崎誠之は、まったく狐につままれた表情をした。

「今日のご相談事とは、そのことであったのか」

高村正蔵は、素っ気ない言い方をした。

「左様です、槙殿の預けものをいただくのが目的です。本当にご存じありませぬか」

「何度、聞かれても、返事は同じである」

「鈴木殿の紹介で役職に就かれた浅井殿が一緒だから、隠されている訳でもござらぬでしょうな」

「浅井殿のことなど、一向《いっこう》に気にもかけており申さぬ」

高村正蔵は、ちらりと信之助のほうを見た。

「まだ一カ月も経《た》ってはおらぬ話ですぞ」

間崎誠之は、高村正蔵に強く詰め寄った。だが高村正蔵は、

「…………」

と無言を通しつづけた。

真面目な性格は、間崎誠之が十分くらいに熟知している。日頃の姿勢からすると、嘘をつくはずがない人物であった。高村殿が言っているのが真実《ほんとう》かも知れないと、間崎誠之は信じだした。

それでも槙正太郎が、嘘の証言を残すはずもない。どちらの言を信じて良いのか、皆目分からなくなった。

「本日はお疲れのところ、ご足労願いました」

一応、間崎誠之は高村正蔵に礼を述べた。

「いやあ、久し振りに美味《うま》い泥鰌鍋《どじょうなべ》を馳走《ちそう》になり、何よりであった」

高村正蔵は微《かす》かな笑《え》みを零《こぼ》し、席を立った。

席に残された間崎誠之はきょとんとし、何回も首を捻《ひね》りつづけ、なお納得のいかぬ顔をした。

「お誘いしたのに、不様《ぶざま》なものとなり申した」

間崎誠之は不手際だったと、信之助に謝《あやま》った。

十

「高村殿は、嘘を吐《つ》いておられますな」

　信之助は言った。

「ええっ、何でござる」

「じっと観察しており申したが、高村殿の目が定まっておりませぬ。視線は虚《うつ》ろ、貴殿に目を合わさぬように動きつづけていました」

「左様でござったか、やはり嘘を吐《つ》いておられたか」

「きっと儂《わし》が、一緒だったせいかも知れませぬ」

「鈴木殿のことを、気にされてのことでしょうか」

「多分、そうでしょう」

「浅井殿は、儂《わし》が言っている槙殿の証言を信じてくれますよね」

「確かに、真実だと思っていますとも」

「秘密の資料を得るには、どうしたら良うござろう」

「今度は間崎殿一人で、高村殿に会ってごらんなさりませ。そうしたら、槙殿の預かり物を渡されるかも知れませぬ」

「もし、浅井殿が言われるようだと良いのだが」

二人が折角、挑戦を始めた事件である。

槙正太郎の遺言ともいうべき生前の言葉を信じ、必ず秘密の資料を探し当てることにした。数日後、間崎誠之は一人で高村正蔵に会い、槙正太郎の預けたものを出して欲しいと頼んだ。だが返事は同じく、

「存じおり申さぬ」

の一点張りの答えに終始した。

信之助と鈴木健四郎の関係との思いは、単なる考え過ぎでしかなかった。頑《かたく》なに高村正蔵は拒否をしつづけ、先日と同じく目の焦点にどこか後《うし》ろめたさを感じさせた。

「浅井殿、槙殿の死を無駄にせぬためにも資料を是非とも手にしたいのですが、高村殿があくまでも否定されておられまする」

間崎誠之は、少し意気込みを失いがちに言った。

「乗りかかった船でござる。最後まで、槙殿の遺志を貫くしか仕方がありますまい」

信之助が逆に積極的な姿勢で、間崎誠之の気をふたたび奮《ふる》い立《た》たせた。

「もう方策がござらん」

「間崎殿は、槙殿の残した言葉を信じていなさらないのか」

「もちろん信じておりますとも」

「だったら信じた通り、動くしかありますまい」

「どうすれば宜《よろ》しいのです」

「高村殿の周辺を探ることですな、間崎殿は高村殿の役所の書棚や、自宅の書斎などに行き、探してみなされ。儂《わし》は高村殿の挙動を、裏側から観察致しまする」

「挙動を観察するといっても、ずっと尾行するという訳にもいきますまい」

「儂《わし》には心当たりの者がいますから、手助けして貰いましょう」

「よう分かり申した。儂も頑張りまする」

間崎誠之は元気を取り戻し、槙正太郎の遺志を無にしないと誓った。

信之助は秘密の資料を得るため、本腰を入れる気持を高めた。一方、健四郎から依頼された控え帳は、いまだ発見されないでいた。

頼まれて一カ月後、一度だけ報告へ行ったことがあったが、

「もっと気を使い、早く探してくれ」

と強く発破《はっぱ》をかけられた。

また、そろそろ次の報告に行かねばならない時期を迎え、仕事の帰り際に健四郎の執務部屋を覗き、

「依頼のもの、まだ発見できずにいるが」

と恐る恐る伝えた。すると、ちらりと信之助に目を向け、

「あれは、もう要《い》らぬ」

と言ったきり、もう用はないという仕草を見せた。

まさに、豹変した態度だった。あれほど真剣に頼み込んでいたのに、どうしたのだろうと、信之助は訝《いぶか》った。健四郎は口を利《き》くのも、面倒そうに冷淡であった。

信之助は、不審に思った。もしかしたら控え帳を探させる目的で、自分を役職に就けたのは事実かも知れない。幼な友達の関係だという感傷的な感情など、健四郎には一切なく、信之助はすでに無用な存在のように思えた。

間崎誠之は、ふたたび一人で高村正蔵のもとへ赴《おもむ》いた。

「高村殿、あなたは儂《わし》や槙殿に、よく仕事のことを教えて下さったではありませぬか。あなたを勘定方の中でも、もっとも信頼できる方と今も信じています」

高村正蔵の心を開かせようとした。

「儂《わし》を、そう思うていてくれるのは有難いが……」

「ですから、槙殿が預けたものを渡してくれませぬか」

間崎誠之は、腰を低くして頼んだ。すると高村正蔵は、

「くどい、のう。先日も言うたとおり、儂《わし》は知らんと言うておろうが」

と怒り出し、知らんものは知らんと強情になり、口を利《き》くのも憚《はばか》った。

「槙殿の証言は嘘ではありませぬ。あなたは、槙殿からの預かりものを隠しているに違いありませぬ。高村殿って、そんな方であったのですか」

間崎誠之は、今度は逆な言い方で迫った。

「仮に誰かの控え帳があったとしたら、何とする」

高村正蔵はやや態度を和《やわ》らげ、問いかけてきた。

「今、何と言われた。預けものは、誰かの控え帳でござるのか」

「いや、存ぜぬが、仮の話じゃ」

「槙殿は殺されたのでござる。預けものに、秘密が隠されていると信じており申す。犯人を探す意味からも、ぜひ預けものが必要なのです」

「間崎殿の真剣さゆえに、言っておこう。もしもじゃ、儂《わし》に何ごとかが起きたら、儂の長子《ちょうし》の正太《しょうた》を訪ねるがよい」

「槙殿の預けものが、ご子息に託されているというのですか」

「いや、そうとも、何とも言えぬが」

「別に、控え帳なるものがありますのか」

「少なくとも儂《わし》が生きている間は、貴殿らに見せるわけにはいかぬものじゃ」

「それでは、まるで槙殿が死ぬ以前とまったく同じではありませぬか」

「済まぬが、今はこれだけしか言えぬ」

高村正蔵は間崎誠之に責められ、遂に自分の許せる範囲のことを述べた。

だが、その後は一切、口を利《き》かなかった。間崎誠之が何を尋ねても、もう反応さえしなくなった。それでも間崎誠之は、高村正蔵が何かの秘密を握っていると確信した。

もっと日を追い、高村正蔵を追及していこうと心に決めた。信之助にも、

「どうも秘密の資料って、誰かの控え帳らしいです」

と伝えた。

と同時に、高村正蔵の裏からの探索方も強く要望した。どこか高村正蔵の人格が以前と変わったと、間崎誠之も少し感じだしていた。

十一

控え帳って、誰のものだろう。まさか鈴木健四郎《すずきけんしろう》が探していたものと、同じものではあるまいかと信之助は思った。それにしても健四郎は、もう要《い》らぬと言った。としたら、控え帳は自分の手に入れたのであろうか。

控え帳に秘密が隠されているのは、はっきりとした。仮に高村正蔵《たかむらしょうぞう》がいう控え帳と、健四郎が探し求めている控え帳が同一だとしても、いずれも秘密めいたものであるのには違いない。

信之助も、間崎誠之《まさきまきゆさ》以上に槙正太郎《まきしょうたろう》の死を解明したくなった。口が重く、めったに話を交《か》わさなかったが、時折、槙正太郎が見せる人の良さそうな（にいっ）とした笑顔は忘れられない。

まず手掛かりは、高村正蔵の動向を探ることしか方法はなかった。信之助は早速、下男の忠蔵《ちゅうぞう》に頼み、長嶺《ながみね》の善次《ぜんじ》を米沢町の藤屋へ呼びにやった。七つ半刻《どき》（午後五時頃）

だったが、善次はどこへ出かけたのか留守にしていた。

それでも夜の五つ刻（午後八時頃）には、頼んでいた藤屋功兵衛の伝言を聞き、善次が訪ねてきた。

「何です？　浅井の旦那のお呼出しとは」

玄関口で、声をかけてきた。

「おお、よう来てくれた。上がれ、善次」

座敷奥から、信之助は招き入れた。

「急な用向きでもあるんですかい」

「そうなんだ。ちょっと頼みたいことがあるのだが、聞いてくれるか」

「ええ、浅井の旦那の言うことなら、何でも聞きますぜ」

「岡っ引の勝三《かつぞう》親分の仕事はどうなんだい、忙しいのか」

「なあに、時たま手が足《た》りねえ時に手伝いするぐらいで、いつも暇《ひま》なもんでさあ」

「藤屋の方も、お前がいるだけで良《い》いんだろう」

「ごもっともー。藤屋の仕事は、そんなに忙しいはずがありませんや」

「実はな、内密に動いてもらいたいのよ」

信之助の言葉に、善次は耳をそばだてた。

「何です。また、改まって」

「金《かね》にもならぬ頼みごとなんだか、聞いてくれるか」

「銭《ぜに》の話は止《よ》しておくんなせえ、浅井の旦那はあっしが惚れた人ですぜ。何も遠慮なんか入りませんや」

「忝《かたじけ》ないのう、善次」

信之助は、お前が頼りだと言わんばかりの顔をした。

「頼みごとって、どういうことです」

「勘定方の役人を調べて欲しいのよ」

「素行調べでござんすね」

「役所との関わりがあるんだが、秘密に探ってもらいたいのだ」

「何か訳ありそうな話でござんすね」

善次も、興味を示した。

「お前と先日、両国橋の袂《たもと》、尾上町《おのえちょう》の前で会っただろう」

「へえ、一緒に屋敷へお邪魔した日のことでござんすね」

「そうだ。あの十数日前にな、同僚の槙正太郎殿が首をくくって亡くなったのじゃ」

「自害ですかい」

「どちらとも断定しがたいのだが……。もう一人の仕事仲間の間崎誠之殿が、決して自害などでないと言い張り、儂《わし》と二人で原因を調べなおすことにしたんだ」

「へえ、何か難しい様子でござんすね」

「槙正太郎殿は高村正蔵殿に秘密の資料を預けたと言うんだが、預けられたという高村正蔵殿が、そんなものは知らぬと言いだしてな」

「魑魅魍魎《ちみもうりょう》の闇《やみ》の世界へ入ったということですかい」

「どうも高村正蔵殿の素振《そぶ》りが怪《あや》しくてな、間崎殿と相談して様子を探《さぐ》ろうということになったのだよ」

「高村正蔵とかいう人を探るのですね」

「そうなんだ、高村正蔵殿の挙動を探索して欲しいのだ」

「どんな人なんですよ、高村さんとかいう人は？」

「四十五、六歳くらいの実直な人柄に見えるお方だが」

「だが素振りが、怪しいというんでしょ」

「高村正蔵殿を探っていけば、何かが発見できるかも知れぬ」

「槙さんっていう方の死因を知るだけが、目的なんですかい」

「もし他殺なら犯人を見つけることもだが、問題の控え帳が不正な記録のものなら、正《ただ》さねばならぬと思うている」

「へえ、浅井の旦那も、本当の役人になりなすったね」

「勘定方に就くにあたっては、将軍家に対し忠義を誓っているんだ。不正を知ったら、暴《あば》かなくてはならぬと思うておる」

「いつもの旦那の正義感とやらが、動きだしたということですかい」

「勘定方ってえところは幕府の財政を一切、握っているところだ。だから、確実な証拠を掴まなければと思うんだ」

「そういうことですかい。旦那の言いつけは、十分に承知しました。高村さんとかいう人を、じっくりと探ってみましょうや」

善次も納得し、信之助の言いつけを素直に聞いた。

「高村正蔵殿をこっそりと紹介したいのだが、明日の八つ刻《どき》（午後二時）過ぎに御城《おしろ》の大手門前に来てくれぬか」

「面通しでございますね」

信之助は、左様《さよう》と言わんばかりに頷《うなず》いた。

善次は信之助の頼みなら、何でも聞き入れて手伝いたかった。それほど惚れ込んでいた。別れ際に信之助は紙包みへ二朱金《にしゅきん》二つ（小判四分の一両、銭一千文分）を包み、

「何とも金《かね》にならぬ仕事で済《す》まぬが」

と善次へ渡した。

「何ですかい、そんなもの」

善次は、紙包みを受取ることを拒《こば》んだ。

「それ程のもんじゃないよ」

信之助は、強引に善次の懐《ふところ》に捩《ね》じ込んだ。

翌日、約束の時間前に善次はやってきた。大手門前の下馬先《げばさき》には、多くの大名家の供《とも》侍《ざむらい》が控えていた。善次はその中に紛《まぎ》れこみ、信之助の来るのを待った。

八つ刻《どき》（午後二時）を過ぎると、大名達や役所の人間が続々と帰城しはじめた。すると間もなく、信之助も大手門を出て善次の側《そば》に寄ってきた。

「暫《しばら》く、待っておれ。高村正蔵殿は、今すぐに出て来られるだろう」

信之助は、周囲に目を配りながら言った。

善次には場違いな場所といえた。大名家の供侍や中間達《ちゅうげんたち》と違い、装《よそお》いから身振りまでもが目立つ存在だった。

そのため供侍の控え小屋の建物の陰《かげ》に隠れて待った。信之助が来てから四半刻《しはんどき》（三十分）も経《た》った頃、

「あの人だ、年配の背の高い人だ」

と信之助が指を差した。

「へえ、生真面目《きまじめ》そうなお方ではありませんか」

「長年、勘定方の仕事一途《しごといちず》の人だもの」

「よう、分かりました。きっと探ってみますよ」

善次はそう告げるや、高村正蔵を追うように姿を消した。

十二

健四郎が勘定組頭に昇進する、少し前のことだった。

支配勘定役の槙正太郎は、自分の執務部屋の隅にある机の横に積まれた書類を片づけようとしたところ、随分と長い間、放置されたままの書類が塵《ちり》をかぶった状態で置かれていた。

「仕方がないな、誰も片づけないのか」

独《ひと》り言《ごと》を言いながら、書類を整理しだした。

すると一番下のほうから、一冊の控え帳が出てきた。

「何だ、これは」

手にとって見ると、『鈴木控え帳《すずきひかちょう》』と記《しる》されているではないか。

控え帳を捲《めく》ると、何か幕府直轄地の各代官所からの徴税割合と新田開発の記録がされた内容に見える。鈴木殿は仕事に熱心のあまり、自分で控え帳を作られているんだと思い、槙正太郎は『鈴木控え帳』を自分の書類箱に入れたあと、数日後に出して目を通してみた。だが見ているうちに、

「何故に、こんなに克明《こくめい》に記録されているのだろう」

と奇妙に思い、正式に承認された書庫の書類と突き合わせてみた。するると、どうであろうか。正式の書類には欠落されているものが、『鈴木控え帳』には記録されているではないか。

槙正太郎は、不審に思った。

役人として優秀であり、頭の切れる鈴木健四郎殿の控え帳にしては変だと、直感するものがあった。不正の臭《にお》いを感じたからだ。だが優《すぐ》れた上役のことを理由もなく、糾《きゅう》弾《だん》することはできない。

もう少し正式な書類と、細かく突き合わせる必要があった。証拠を掴《つか》むまでは、鈴木健四郎が不正を働いているなど、誰にも言えるものではない。

槙正太郎は日常の仕事の合間《あいま》をみて、誰にも分からぬように書類との突き合わせをつづけた。漸《よう》く《や》不正の証拠らしい確信を得た頃、勘定役であった健四郎に勘定組頭への昇進が発表された。

健四郎は優秀な役人への道を歩きだし、下僚《かりょう》の槙正太郎からはますます遠い存在になっていった。昇進が決まった人を糾弾するには、もう少し多くの証拠をそろえる必要があり、自分の口から追及することは憚《はばか》られた。

そのため昔、支配勘定として一緒に働き、初めて勤めだして以来、親切に指導してくれた信頼のできる大先輩の高村正蔵へ相談することに決めた。まだ、同僚の間崎誠之にさえ伝えていなかった。

仕事の帰り際、高村正蔵を誘いだし、日本橋近くの西河岸町の団子屋《だんごや》の一室を借りて疑問に感じている『鈴木控え帳』なるものを打ち明けた。

二人とも酒の飲めぬ下戸同士《げこどうし》、二人が相談する場所といえば食べ物屋か、甘い物を食べさせる茶店ぐらいしかなかった。

健四郎の控え帳の内容を伝えると、

「槙殿、間違いないか、誠のことだろうな」

と高村正蔵は驚き、念を押した。

「今、年ごとに溯《さかのぼ》って調べてござる」

「不正が行なわれていたという証拠ではないか」

高村正蔵は、目を光らせて言った。

「多分に、そうでありましょう」

「それじゃ、鈴木健四郎殿だけの問題ではなく、勘定吟味役殿の責任も出てくるかも知れぬぞ」

勘定所の組織も、念頭に入れて言った。

「勘定吟味役殿は厳《きび》しい検査と、監査をする立場でありますからな」

「控え帳は、そなたの手のうちにあるのだな」

高村正蔵は再度、確認した。

「左様、誰にも分からぬように隠し、ずっと正式の記録と照合してござる」

「それで、不正の証拠をどれだけ掴んでいるのじゃ」

「まだ、ほんの少しの証拠を掴みだしたばかりでござる。まずは信頼のおける高村殿に、ご相談しようと考えた次第です」

（ふぅーん）と、高村正蔵は唸《うな》りだした。

蜂蜜《はちみつ》のついた餅《もち》を口にしながら、途中で噛《か》むのも忘れ、蜂蜜がたれて流れ落ちるのも気づかずにいた。それほど高村正蔵には、衝撃的な話に思えた。

暫《しばら》く無言のまま、高村正蔵は思案にくれた。

「槙殿、このことは誰にも他言していないであろうな」

ふたたび、念を押した。

「勿論《もちろん》ですともー、同僚の間崎殿にさえ言うてはおりませぬ」

槙正太郎の返事を聞くと、高村正蔵は唸りつづけた。

「もう少し、確実なる証拠立てをすることじゃな」

一段落すると先輩らしい落着きを取り戻し、静かに言った。

「役所の仕事が終わってから、少しずつ調べているところです」

「このことは、決して誰にも漏らすではないぞ、槙殿の親しい人であろうと言うてはならぬ。いいな、でないと、そなたの身に、いかほどの危険が迫るとも分からぬ」

高村正蔵は、声を押し殺して言った。

槙正太郎は、やはり高村殿に相談して良かったと思った。自分の身の安全までも、気を遣《つか》ってくれる優《やさ》しさがあった。次には、もっと多くの証拠固めをしてから相談することにし、二人は別れた。

高村正蔵は一人になってからの帰り道、ずっと槙正太郎の告発話が頭の中から消えなかった。というより、胸騒《むなさわ》ぎさえ覚えた。勘定組頭への昇進が決まった鈴木健四郎の不正話だ、黙って見過ごせぬ重大な事件と直感した。

高村正蔵は日頃から、鈴木健四郎が気にくわなかった。どれほど優秀で、卓越した才能を持っているとしても、十五、六歳も年下の者が（あっ）という間に組頭へ昇進したのが納得できない。

長年、自分はこつこつと働きつづけているのに、上役《うわやく》の受けが良いという理由だけで、自分を追越し昇進した鈴木健四郎に憎《にく》い感情さえ抱いた。

上役の引きがあったのも、莫大な金品を贈っていたからに違いない。もしかしたら不正な働きで得た金を遣《つか》い、上役達にばらまき昇進の道を辿《たど》ったかも知れないと、どうしても許せなかった。

儂《わし》らのような正直者が馬鹿を見るようになっているのかと、今までの真面目《まじめ》な生き方に疑問を感じた。そのため高村正蔵の頭の中では、何かが（プッン）と切れたように思われた。

「黙って見過ごすわけにはいかない」

顔を歪《ゆが》めて呟《つぶや》いた。

控え帳の秘密を材料に、小生意気《こなまいき》な鈴木健四郎を揺さぶろうと咄嗟《とっさ》に思った。昇進前の健四郎の席は、高村正蔵と同じ勘定衆の部屋だったが、今は少し離れた偉《えら》い者達が集まる席へと移った。

「鈴木殿、ご昇進おめでとう存じる」

高村正蔵は、日頃と変わらぬ柔和な顔で挨拶した。

「高村殿か、有難うござる」

健四郎は先輩への対応でなく、部下に接する態度で返答した。

高村正蔵は、こんな男が上役になるかと思うとぞっとした。

「鈴木殿、支配勘定時代の控え帳なるものをご存じか」

高村正蔵は声をひそめ、脅《おど》しの文句を囁いた。

十三

健四郎は（ぎょっ）とし、高村正蔵を凝視《ぎょうし》した。日頃の温厚な高村正蔵と思えない、強い語調だったからだ。

健四郎は一番気にする控え帳の存在を告げられ、内心は動揺した。しかし、すぐには何気ないように、

「何のことでござる、控え帳とは」

と惚《とぼ》けた態度を取った。

実際は紛失した控え帳は、ずっと探しつづけていたものだ。誰の目にも触れられたくない秘密の資料で、自分が働いた悪徳の記録でもあった。

「ご存じありませぬか」

高村正蔵は頷《うなず》くと深追いもせず、さらりと言ってのけた。

健四郎には、薄気味悪い素振《そぶ》りに映《うつ》った。

知らぬ姿勢を取っても、気にかかって仕方がない。

「支配勘定の部屋にありますのか」

何気ない素振りで尋ねた。

「ご存じはないが、気にはなりますか」

皮肉っぽく、高村正蔵は問い返した。

「いやあ、話の種ですよ」

健四郎は笑いながら、悟《さと》られぬように誤魔化《ごまか》した。

実直なはずの高村正蔵の豹変《ひょうへん》に驚いた。この男は何を考えて脅《おど》しにきたかと、健四郎は真意が掴《つか》めずにいた。

自分が初めて役職に就いた時、手取り、足取り、指導してくれたのは高村正蔵だった。生真面目で、間違いを起こさぬ信用のおける人物として通っていた。

健四郎は職場でめきめきと腕をあげ、卓越した才能の持ち主と自他ともに許す頃になると、高村正蔵のような生き方が馬鹿に見え、もっと上の地位にあがらねばならぬという願望へと変わっていった。

万年役人の高村正蔵など、置去りにしても出世したかった。その堅物《かたぶつ》の高村正蔵が、妙な言い掛かりをつけてきた。

何とかしなければと思ったが、勘定組頭昇進の披露宴も迫っており、もう少し様子をみようと思った。

もちろん気にくわぬ高村正蔵は、披露宴には招待しなかった。

健四郎の頭の中は、何とか控え帳を取り戻さなければという考えで一杯になった。昇進披露宴でも、頭の中から消えなかった。

自分が不正を働いたのも、黒幕の勘定吟味役・北村内膳《きたむらないぜん》の指示があったからだった。早く処置をしなければ、北村内膳にどんな仕打ちをされるか知れたものではない。

披露宴当日の挨拶まわりを始めた時、末席に座っている幼な友達の信之助が思いがけず目に入った。

「そうだ、あの男を使おう」

と、咄嗟《とっさ》に思った。

信之助を支配勘定の役職に就け、自分の控え帳を探させよう。と同時に高村正蔵を陥落させ、自分の掌中《しょうちゅう》の者にしなければならぬと思った。披露宴が終わって一カ月後に、高村正蔵を誘いだした。

口実は、日頃の仕事の様子を教えて貰いたいなどと適当な理由をつけた。だが高村正蔵は、誘いがくるのを待ち構えていたように見えた。健四郎は、浅草御門と柳橋の中間にある下柳原同朋町の高級料亭『千成亭《せんなりてい》』へ案内した。

勘定吟味役の北村内膳や札差商《ふださししょう》の御倉屋利左衛門《みくらやりざえもん》らと、よく打合わせや団欒《だんらん》をする所である。高村正蔵などは生まれてから、このかた一度も来たことのないような立派な料亭へ招かれた。

そこらの料亭と、建物の造《つく》りが違った。下戸《げこ》の高村正蔵さえ、十分に満足のいく料理の持て成しを受けた。出てくる料理のすべてが舌鼓《したづつみ》を打つ物ばかりで、高村正蔵は一生のうち、こんな美味《うま》いものを食べる機会はなかった。

それに美味《おい》しいものだけではなく、千成亭に入ってから、ずっと付きっきりで世話をやいてくれる女がいた。二十歳《はたち》を過ぎたばかりの若く、美しい女で、これも初めての経験であり、年甲斐もなく胸の高まりさえ感じた。

料理と同じように、高村正蔵が生涯のうち相手にされることがない魅力的な女が付いた。名はお恵《けい》といい、細かなところまで気配《きくば》りが行き届いた。今まで会ったことがないほど優《やさ》しく、どこまでも親切に面倒をみてくれた。

高村正蔵が多くの皿を平らげて満喫し、満足感が充ち充《みみ》ちた頃、健四郎は初めて口を利《き》いた。

「如何《いかが》でござったか」

健四郎はじっと食入るように、高村正蔵を見つめた。

「これほどのご馳走、初めてでござる」

食後の最後のお茶を付添《つきそ》いのお恵から受けると、高村正蔵は満足そうに微笑《ほほえ》んだ。

「高村殿、今宵はざっくばらんに申しあげる」

健四郎は、目を光らせて言った。

「鈴木殿の控え帳のことでござるな」

「左様、あれは今、どこにありまする」

「さる者が持ってござる」

「是非、こちらに返して下さらんか」

「そのままで返せと申されるのか」

「いえ、何か条件があるならば、はっきりと申し述べて頂きたい」

「左様でござるな」

高村正蔵は、思案にくれる仕草をした。

だが、控え帳の存在を耳にして以来、実は覚悟を決めていた。

「何なりと、言うてみて下され」

「貴殿の裁量でできますかな」

「難しいことですかな？　何でありまする」

「儂《わし》も、勘定組頭への昇進は適《かな》いませぬか」

「ほう、儂《わし》と同じ勘定組頭をお望みか」

じっと健四郎は、高村正蔵へ冷たい目を向けた。

「二十五、六年もこつこつと勤めても、漸《ようや》く勘定衆になったばかりでござる。儂《わし》もそなたと同じ、勘定組頭になってみたいのでござる」

「条件は、それだけか」

「いやあ、この女子《おなご》が気に入ってござる。儂《わし》に召し下げてくださらんか」

健四郎は（にやっ）と笑い、暫《しばら》く無言を通し、

「貴殿の条件を呑むとしたら、はっきりと控え帳の在処《ありか》を教えてくれますのう」

と再度、確かめた。

「儂の条件と鈴木殿の要求は、次回にお会いする時までに確実なことを申しあげると致しましょう」

高村正蔵は冷たく返答すると、話を打ち切った。

まさに高村正蔵は、人間が変わった。槙正太郎の純粋な気持を利用し、自分の利益のために動こうとした。

信頼して、相談にきた槙正太郎を完全に裏切った。

「槙殿、証拠調べはどうかな」

高村正蔵は、自分の方から槙正太郎の所に訪ねてきて問うた。

「大分と、整うてきましたぞ」

「ところで控え帳だが、そなたの手元に置いていては、そなたに身の危険が来るやも知れぬ、儂《わし》が預かっておいたが安全かも知れぬぞ」

槙正太郎を庇《かば》うように言葉をかけ、高村正蔵は数日後には『鈴木控え帳』を自分の手中に納めた。

十四

高村正蔵は己《おの》が欲のため、槙正太郎に対する背信行為を実行した。槙正太郎への裏切りと分かっていても、脅《おど》しの材料に利用しない手はなかった。これまでの地道な役人生活から、高村正蔵はすっぱりと抜け出したかった。

今にも鈴木健四郎からの誘いが、きっとあるに違いない。あの千成亭《せんなりてい》の饗応《きょうおう》は忘れられない。味わってみたい物ばかりで、鯛《たい》や鮃《ひらめ》の刺身皿や海老《えび》の活《い》け作《づく》り、焼き物、椀《わん》の物、煮物など、もう一度、賞味したかった。

高村正蔵は早く誘いに来ないかと待っていると、間もなく期待どおりに健四郎からの誘いがかかった。

「この地図の所へ、行って貰いたい」

一枚の紙切れを渡された。

指定の場所は、先日の千成亭ではなかった。少し期待を裏切られた気分になったが、指定の場所を探し求めて向かった。浅草御門を御蔵前《おくらまえ》の方角に抜けた茅町《かやちょう》の一角にあった。千成亭とは違い、こぢんまりとした家で、周囲は黒塀《くろべい》に囲まれ、こざっぱりとした洒落《しゃれ》た造《つく》りの家だった。

門から玄関口へ入り、声をかけた。すると奥から先日、千成亭で高村正蔵の側に付き、一切の世話と面倒をみたお恵《けい》がいるではないか。それが手をつき、

「お帰りなさいませ」

と言って迎えた。

高村正蔵は狐につままれたような気分になった。（お帰りなさいませ）とは、どういう意味だろうと心がざわめいた。

奥座敷に案内され、暫く刻《とき》が立つと健四郎が現われた。

「気に入りましたかな」

開口一番に尋ねた。

「これは、何のことでござる」

高村正蔵は突然の言葉に驚き、問い返した。

「先日の約束ではござらんか、お恵が欲しいと、貴殿が申されたではありませぬか」

「いや、言った覚えはござる」

「申しつけの通り、実現したのでござる。家とともに、高村殿に献上つかまつろう」

高村正蔵は驚いた。

あの時は気分が良くなり、冗談めかしにお恵が欲しいと言ったが、まさか本当に要求が受け入れられるとは思いも寄らなかった。と同時に高村正蔵は、控え帳には相当な威力があるなと実感した。

これならば、もっと利用すべき価値があるに違いない。ますます控え帳は、脅迫材料に使えると確信した。

「それで、ござる」

健四郎は、強い目付《めつき》で睨《にら》んだ。

毒を飲みだした高村正蔵も、いつしか横柄な態度になった。というより、捨鉢《すてばち》というか、虚無的《きょむてき》にさえなった。

「何でござろうか」

「儂《わし》は貴殿の要求を聞き入れた。控え帳の在処《ありか》を、ぜひとも教えて貰いたい」

「まだ完全には、要求は入れられていないが」

「昇進のことでござるか」

「左様、儂《わし》をそなた様と同じ、勘定組頭に推薦して頂くことである」

「承知しており申す。昇進については、もう少しの時間が必要に存じる」

「忘れておられぬなら、結構」

「だから早く、控え帳のことを教えて下さらんか」

「支配勘定の槙《まき》殿が持ってござる」

「槙とは、槙正太郎のことでござるか」

「左様でござる」

「槙一人しか知らぬことでござろうな」

「多分に、儂《わし》と槙殿だけが知っていることでござる。槙殿は、もう可成《かなり》のことを調べてござるぞ」

高村正蔵は、少し脅《おど》しをかけた。

健四郎は、高村正蔵へは答えずに鋭い目で睨《にら》みつけた。健四郎は高村正蔵から情報を得ると、すぐに勘定吟味役の北村内膳を千成亭へ呼び、札差《ふださし》の御倉屋利左衛門《みくらやりざえもん》とともに報告した。

勘定吟味役の北村内膳が訪ねて来る時は、いつも忍《しの》び姿で誰であるか分からない。駕《か》籠《ご》は使用したが、頭には頭巾《ずきん》をかぶり、いつも身分を明かさなかった。

勘定吟味役といえば、私生活でも謹厳実直というのが一般的な役職だが、北村内膳はその役職にもかかわらず、常識では考えられない悪の頭領になっていた。

鈴木健四郎から報告を受けると、

「よし、分かった。然《しか》るべき処置をしよう、儂《わし》に任せておけ」

と北村内膳は胸をはって言った。

「宜《よろ》しうございますか」

健四郎は腰を低くし、窺った。

御倉屋利左衛門は黙ったまま笑顔を一杯に浮かべ、二人の会話に耳を傾けていたが、これが悪の一番の張本人である。柔和な顔をしているが、欲深さでは誰にも負けない。千成亭も自分の持ちもので、自分の女にやらせていた。

「儂《わし》が面倒をみている黒鍬者《くろくわもの》にでも、処分と捜索を頼もう」

北村内膳は、槙正太郎を自害に見せかけ暗殺する計画を漏《も》らした。

まず槙正太郎を自殺に見せかけて殺し、執務部屋内を黒鍬者に細かく探させた。だが目的の控え帳は見つけることはできず、健四郎はふたたび茅町の高村正蔵の妾宅《しょうたく》へ訪ねてきた。

「高村殿、あなたの言われた槙正太郎は、控え帳を持っておりませんでしたぞ」

問いつめるように迫った。

「ああ、あれでござるか、儂が大切に保管してござる」

平気で、高村正蔵は答えた。

「話が違うではござらんか、早く渡して下され」

「いいえ、まだ儂《わし》への約束が実行されていませんのでな」

「勘定組頭への昇進のことでござるな」

「左様」

高村正蔵《たかむらしょうぞう》は、どうだと言わんばかりの返事をした。

大切な人質の控え帳を渡してしまっては、自分がどんな目にあうか知れたものではないと、身の危険も察知していた。

信之助が健四郎を訪ね（要《い》らぬ）と言われたのは、丁度その頃だった。

十五

蒸《む》し暑い最中《さなか》、高村正蔵は足繁く、浅草の茅町のお恵《けい》の家へ通《かよ》った。本宅のある四谷《よつや》伝馬町《てんまちょう》より、昨今ではお恵の家にいることの方が多い。

会うたびに執拗《しつよう》に、二十五歳以上も年の違うお恵を可愛がった。自分の娘より若い肉体を貪《むさぼ》るように抱き、自分の老いた体を回春させるかのように執心《しゅうしん》した。お恵は優《やさ》しかった。高村正蔵が求めるがままに、何の抵抗もすることはなかった。食べることでも、寝ることでも、高村正蔵が言うとおり黙って従った。

だが何日も一緒に暮らすと、高村正蔵もお恵が心の中で何を考えているのか、すべてを知りたくなった。十分に尽《つ》くしてはくれるものの、お恵には心のない人形のように感じられ、それが不満に思えた。

生きている人間の愛情が欲しかった。

分別盛《ふんべつざか》りの年頃になっても、男の欲求は際限がない。

「生まれは、どこだい」

と聞いてみた。

しかし中々、返事をしなかった。それでも何回か尋ねるうちに、

「下総《しもうさ》の中山の在です」

と聞きだすことができた。

自分の生まれた所や育った環境は、あまり話そうとせず、若くして過去を捨てた女に見えた。多分に農家の娘かなにかで飢饉《ききん》の際、貧困のあまり身売りされてきたのだろう。だから高村正蔵のような男の世話も、平気でやいているのだ。札差の御倉屋利左衛門に、言い含められているに違いない。

縁先《えんさき》に吊《つる》した風鈴の音《ね》が、寂しそうに鳴った。

お恵の思いを告げるかのような、悲しげな音だった。（すーっ）と、大川のほうから涼しい風が流れていった。

高村正蔵の本宅では、まさか妾《めかけ》を抱えているなど誰も知らない。長年《ながねん》、真面目さだけが取柄《とりえ》の主人《あるじ》である。このところ家を頻繁に空けるのも、仕事の関係のせいだろうと信じていた。嫡男の正太《しょうた》は勘定方見習役人として勤めだしたが、役所で父親の高村正蔵に顔を会わすと、

「親父《おやじ》殿、あまり無理をなさるなよ」

と挨拶を交《か》わして労《いたわ》った。

高村正蔵は年甲斐《としがい》もなく、今はお恵に夢中になった。お恵の白い肉体が興奮し、赤く染まり絶頂に達する姿を見るにつけ、絶対に離したくないと思った。ということは、鈴木健四郎や北村内膳、御倉屋利左衛門の思う壺《つぼ》で、罠《わな》に嵌《は》まってしまった。

あれからも何回も、健四郎は茅町の家へ訪ねて来て、

「早く、控え帳を渡して下さらぬか」

と迫りつづけた。

高村正蔵はずっと無視し、かなり強《したた》かさを示した。むしろ、すぐには渡さず、槙正太郎が調べた幕府代官所からの報告書と、控え帳を比較した記録を小出しに提示し、

「これは、どういうことでござりますのかな」

と脅《おど》しをかけ、妾宅《しょうたく》にかかる経費の面倒を見させた。

健四郎は勘定組頭への人事以外のこと、とくにお金で処置できるものは大体、聞き入れた。高村正蔵は健四郎らに槙正太郎を売ってしまい、死に追いやったことは気にはかかった。

心痛むことだが、鬼の心に取り憑《つ》かれてしまってからは、まともな心を持つのを避けていた。

「儂《わし》が控え帳を持っている限り、秘密が外に漏れる心配はありませぬ、ご安心下されよ」

高村正蔵は嘯《うそぶ》き、一向《いっこう》に渡そうとしなかった。

槇正太郎が死んでのち、同僚の間崎誠之《まざきまさゆき》や浅井信之助《あさいしんのすけ》が訪ねて来て、

「控え帳を返して欲しい」

と言われたが、健四郎にはそれは明かしていない。

何回か足を運ぶうちに、健四郎も下手《したて》に出るのをやめてきた。

「高村殿も強情だのう、これほどまでに頼んでいるのに聞いては下さらぬか」

やや強圧的な言い方をした。

「そりゃ、そうじゃ。儂《わし》の勘定組頭への昇進が決まったら考えようもあろうが、今のままではどうにもなりませんのう」

脅《おど》しにも臆せず、冷たくあしらった。

「あまり無理なことばかり言っておられると、どうなっても知りませんぞ」

「どうなされようと言うのじゃ、槇殿と同じに葬《ほうむ》り去ろうという魂胆《こんたん》か」

健四郎は不気味に（にやっ）と笑い、

「そうなるかも知れませせぬな」

と、平気で言った。

仮面をかなぐり捨て、強迫的な態度へと変わった。高村正蔵の要求は、これまで十分に耳を傾け聞いてきた。このままずっと自由に、許すわけにはいかないと強硬に対処しだした。

「儂《わし》を殺してごらんなさりませ、そしたら控え帳が公《おおやけ》の目に触れることに相《あい》なりまし

ようぞ」

高村正蔵は、開き直った。

健四郎は（はっはっ）と笑い、

「誰に渡されるというのですか」

怖《こわ》い者はいないぞと、横柄な態度に出た。

高村正蔵はいざという場合、勘定奉行でも、勘定吟味役でも、不正を取り締まる方へ報告すれば良いと思っていた。まさか健四郎が勘定吟味役の北村内膳の指示のもと、動いているなど想像もしていない。

高村正蔵は毒を食らわば、皿までもの気持でいる。不正を働いた健四郎などに屈するものかという強い覚悟で、奴等の上前《うわまえ》をはねてやれと、最初から考えた通りの計画で動いた。

それでもお恵だけは、関係が深まれば深まるほど執着していった。

「もう、お前は絶対に放さぬぞ」

若い肉体を貪《むさぼ》り、夢中に溺愛《できあい》した。

だが抱くたびに、お恵の反応のなさが不満に思えた。ただ微笑《ほほえ》むばかりで、自分の意思を出すことを決してせず、誰かの指令のままに耐え、年寄の高村正蔵の相手をしているとしか思えない。

多分に、札差《ふださし》の御倉屋利左衛門《みくらやりざえもん》の指図なのだろう。いつも柔和な笑顔をしているが、実は本当の姿は冷酷であり、強欲そのものの男だ。北村内膳や鈴木健四郎が、幕府直轄地の代官と取り決めた不正の年貢米を現金化し、一部の儲《もう》けを撥《は》ねてから二人へ渡す阿漕《あこぎ》さがあった。

最近では健四郎から米の張紙相場《はりがみそうば》（幕府公定相場）の情報も聞きだし、浅草払出し相場（蔵前相場《くらまえそうば》）との差額を利用し、米の売買で莫大な利益もあげたりもした。

健四郎は千成亭《せんなりてい》に、北村内膳と御倉屋利左衛門を呼び寄せ、

「これから高村正蔵を、どう扱いますか」

と相談を持ちかけた。

十六

暑い夏の夜だった。

本所石原町の信之助の屋敷では夕刻、虫除《むしょ》けのために焼いた干蜜柑《ほしみかん》の皮の煙の臭《にお》いが立ち込めていた。

「浅井の旦那はいなさるかい」

善次が訪ねてきた。

「おお善次、あがって来い」

奥の座敷から、信之助が声をかけた。

部屋には蚊帳《かや》が吊《つる》され、中に行灯《あんどん》も入れて信之助は冷《ひ》や酒を飲んでいた。

「遠慮なく、入《はい》んな」

「大仰《おおぎょう》に、どうしたんです」

「蚊《か》やら蛾《が》などの虫が出て、仕様がないんだよ」

「それで風流に、蚊帳の中での一杯ということですかい」

「そうなんだ。どうだい、一杯やるか」

信之助は準備させた盃《さかずき》を、善次に差しだした。

「へえ、お相伴《しょうばん》にあずかりましょうか」

そそがれた酒を、ぐいと飲んだ。

「今日は暑かったね、役所からの帰り、汗びっしょりになっちまったよ」

「あっしなんかも、ぐったりでした。夜になってから、活躍するてえなわけでさ」

善次は、未《いま》だおさまらない汗を拭いた。

「ところで、急にやって来たのは……」

「そうです。旦那の言いつけの、高村正蔵とかいう人のことですよ」

「何かを掴《つか》んだか」

信之助は、真剣な目を向けた。

「話によると中々の堅物《かたぶつ》ということですが、とんでもねえ石部金吉《いしべきんきち》なんでさ」

「何だと、違うというのかい」

「そうでさあ、浅草の茅町に若けえ女を囲っていますぜ」

「本当か？　間崎殿の話だと、謹厳実直な人だということだったが」

「とんでもねえ娘みたいな女を妾《めかけ》に、今じゃ入浸《いりびた》りでさ」

「自宅は多分、四谷《よつや》の伝馬町だったはずだが」

信之助は、首を捻《ひね》った。

「奥方も、家族もほっぱらかして無我夢中ですぜ」

「人は見掛けによらないものなんだな」

「なんだか年寄が色気《いろけ》づくと、気色《きしょく》が悪くて仕方がありませんや」

善次は、嫌な顔をした。

「良《い》い女かい」

「それが勿体ないほど、器量の良い女でさ」

「魅力的な女とは、羨ましい限りだな」

「ところで浅井の旦那、幼な友達の鈴木とかいう人がおりましたね」

「ああ、鈴木健四郎だろう」

「中々、恰幅《かっぷく》の良い、見栄《みば》えのする方ですぜ」

「儂《わし》なんかと違い、勘定方でも偉《えら》い男だからのう」

「鈴木さんという人もしょっちゅう、高村さんとこの妾宅《しょうたく》へ足を運んでいまさあ」

「なにっ！」

信之助は驚きの声を出し、一瞬、黙《だま》った。

健四郎と高村殿が接触するとは、何故《なにゆえ》だと疑問が湧いた。まさか例の秘密資料の件ではあるまいかと、思わぬ憶測が浮かんだ。

「浅井の旦那、どうも高村さんとこの妾宅は、その鈴木とかいう人が一切、面倒をみているようですぜ」

「本当か、お金は健四郎から、出されているというのだな」

「どうも近辺を探ってみると、間違いはありませんや」

信之助は（うーん）と唸《うな》り、また思案にくれた。

健四郎と高村正蔵の関係は臭《くさ》いと、当然のように疑惑が浮かんだ。まさか健四郎も悪行を働いているのかと、あらぬ疑問も湧いた。するとなぜか、美佐《みさ》の顔が思いだされた。今は幸せな暮しに満たされているのは、夫の健四郎が出世街道を順風満帆《じゅんぷうまんぱん》に進んでいたからだった。

もしも健四郎の責任問題でも起きれば、

（美佐殿を悲しませることになる）

信之助の胸がざわめいた。

「済《す》まぬが善次、高村殿とあわせて、健四郎の動きも探ってくれぬか」

再度、信之助は頼み込んだ。

美佐の幸福《しあわせ》のためにも、健四郎の動向を知る必要があった。以前に頼まれた控え帳と、槙正太郎が言い残した秘密の資料と同じでもあるまいが確かめたかった。

「承知しました。きっと鈴木さんとかいう人の動きも、ちゃんと掴《つか》んでみせまさあ」

善次は、快《こころよ》く引き受けてくれた。

信之助はまた少しの金子《きんす》を紙に包み、善次の懐《ふところ》に捩《ね》じ込んだ。善次が去っても暑い夜はつづき、微風さえ吹かぬ眠れない夜を迎えた。

翌日は早速、間崎誠之を呼出し、神田鎌倉河岸の泥鰌屋《どじょうや》『一力《いちりき》』の二階で会った。

「どうでした、秘密の資料はありましたか」

信之助は間崎誠之が階段をあがって来るや、直《す》ぐに尋ねた。

「高村殿の自宅は訪ねることはできませぬが、役所の周辺を探ってはいるんです。だが、まだ見つけることはできません」

「自宅には要件もなしに、訪ねることもできませぬからな」

「子息の正太《しょうた》殿には、親父殿から預けられたものを出してくれと頼みましたが、一向に知らぬとの返事でした」

高村正太の執務部屋は同じ部屋ではなかったが、信之助らと同じ支配勘定役の見習いを勤めていた。正太も従前の父親の正蔵と同じく、生真面目《きまじめ》一本の性格の持ち主で通った。

高村正蔵は何かあったら、息子の正太から引き取って欲しいと言ったが、まだ本当に渡していないのか、正太の口が堅くて隠しているのか、どちらとも見当がつかない。

「親父の高村殿ですが、中々の発展家らしいですのう」

信之助は、善次から聞いた話を告げた。

「浅井殿、何のことでござりますか」

間崎誠之は、信じられぬ思いで問い返した。

「高村殿ですよ、浅草の茅町《かやちょう》に若い妾《めかけ》をおき、夢中になっていると言いますぜ」

「まさか冗談でしょう。あの高村殿が、妾など持つはずがありません」

「それが本当なんです、間崎殿。今じゃ、妾宅に入浸《いりびた》りという有様です」

「信じられません。高村殿に限って、そんなことがあるわけがないです」

「それも耳寄りな話に、鈴木健四郎と妾宅でたびたび会っているということですよ」

「えっ、事実ですか」

間崎誠之は妾の話だけでなく、鈴木健四郎とも会合を重ねていると聞くと驚愕《きょうがく》した。

奇妙な関係というより、何かがあると思った。

もしかしたら高村正蔵が、槙正太郎を売ったのではあるまいかという疑念さえ湧いた。

昔の上司として信頼し、逸早《いちはや》く発見した情報を知らせた槙正太郎を裏切るとは信じられなかった。

それに槙正太郎が、預けたものを知らぬ、存ぜぬと言張《いいは》るのも妙に可笑《おか》しい。少なくとも昔の職場の雰囲気からも、鈴木健四郎と高村正蔵が親しくするなど想像もできず、まさに奇怪としか言いようがなかった。

十七

間崎誠之《まざきまさゆき》は浅井信之助が話した艶聞《えんぶん》が今も信じられず、また信じたくもなかった。まさか、あの高村殿が若い女などに溺れるだろうか。

確認する意味で、高村正蔵の執務部屋を訪ねてみた。外から見るかぎり、昔と少しも変わった様子はないが、以前と比べて高村正蔵がどこか若々しい風情《ふぜい》に感じられたのが奇妙だった。

「やはり、預かってはおられませぬか」

間崎誠之は、単刀直入に聞いた。

「くどいのう、何度も預かってはおらぬと言うているではないか」

高村正蔵は、落着かぬ表情で答えた。

「子息の正太殿にもお聞きしましたが、何も預かっておらぬという返事でございました」

「何も預けてはおらぬ故に、そう答えたのであろう」

「高村殿は何かあったら、正太殿を訪ねよと仰せられたではありませぬか」

「儂《わし》が死んだらということじゃ、その時は訪ねよと言うただけだ」

「槙殿が預けたものを、本当は隠されているのではありますまいね」

「何を証拠に、そんなことを言うのじゃ」

少し怒りを込めたように、高村正蔵は声を荒らげた。

そういえば確かに、高村正蔵の態度は昔と随分、変わった。以前の誠実さというか、謙虚さがなくなり、横柄な物腰になった。

高村正蔵の周辺に目を光らせたが、間崎誠之が探しているものは見つけることはできなかった。

一度、冷やかしに、

「妾殿は、如何《いかが》でござる」

と聞こうとしたが、どうせ惚《とぼ》けられるのがおちだと諦《あきら》めた。

それから、数日が経《た》った。あの暑い夏も終り、秋の日が間近になってくると、曼珠沙《まんじゅしゃ》華《げ》の花々も赤々と燃えだし、その周《まわ》りを蜻蛉《かげろう》が群れた。

そんな初秋の日の昼頃、浅草茅町の高村正蔵の妾宅で大騒ぎが起きた。

「旦那様が！」

大声をあげ、妾《めかけ》のお恵《けい》が自身番《じしんばん》に駆け込んできた。

「どうしたい、落着いて話すんだよ」

そこには、たまたま見回りにきた岡っ引の勝三親分が居合わせた。

「旦那様が死んでいなさるっ」

お恵は力を抜かし、へなへなと腰を落とした。

「死んでいるとは、誰かに殺されたのか」

「いえ、自害のようにも見えましたが、どうなっているのか分かりませぬ」

興奮したお恵は、息を切らせながら答えた。

「お前《めえ》さんは、ずっと一緒じゃなかったのかい」

「へい、私は昨日の昼から暇《ひま》をもらい、下総《しもうさ》の中山のほうへ出かけていました」

「なんだ、お前《めえ》が出かけた昨夜から今朝にかけての出来事なんだな」

「一昨日《おととい》には何事もなく、気分良くお暇《ひま》を下さいました」

お恵は切羽詰《せっぱつ》まったように、懸命に説明した。

「取敢えず北町奉行所のほうへ、届けなくちゃなるめえ」

勝三親分は早速、手下の留吉《とめきち》を呉服橋御門横の奉行所へ走らせた。

間もなく、善次も顔をだした。

「親分、何か事件ですかい」

「おお善次か、丁度、良いとこへ来てくれた。ちょいと、手助けしてくれねえか」

「何ですか、殺しでもあったのですかい」

「そうなんだよ、この姐《ねえ》さんとこで、人が死んじまったのさ」

「高村さんの家《うち》じゃありませんか」

「なんでえ、お前《めえ》は姐さんを知っているのか」

「そういう訳じゃないんだが、何となく前に会ったような気がしたもんだから」

善次は、何とか誤魔化《ごまか》そうとした。

お恵は（はっ）としたような目差《まなざし》で、善次を見つめた。

「まあ急ぎ、家へ行ってみましょうや」

「そうだな、奉行所の役人が来るのを待つまでもないな」

勝三親分と善次はお恵に案内させ、現場の家へと向かった。

一刻《いっとき》（二時間）もしてから、北町奉行所の与力《よりき》の平田稔《ひらたみのる》が二人の同心《どうしん》、村上善之助《むらかみぜんのすけ》と拝島虎造《はいじまとらぞう》を連れてやってきた。

「切腹をした様子からすると、覚悟の自害ではないのか」

一目した与力の平田稔が言った。

「それよりも姿からすると、浪人でもないようだが」

お恵に問いつめて尋ねた。

「旦那様は、勘定方へお勤めのようでござりましたが」

「なんだと、それじゃ旗本じゃねえか、俺らの管轄外だぜ」

与力の平田稔は同心の村上善之助、拝島虎造と顔を見合わせた。

「こりゃ、目付《めつけ》のほうに連絡しなくちゃなるめえよ」

「拝島の旦那、あっしらには関《かか》わりのない事件でござんすのか」

勝三親分は拝島虎造の袖をひき、小声で尋ねた。

「旗本だったら、俺らの手の出せねえ事件よ」

拝島虎造は、紋切りに答えた。

「おお村上、済《す》まぬが奉行所へ帰って、御城《おしろ》へすぐに報告してくれぬか」

与力の平田稔は、部下の村上善之助に命じた。

城から目付《めつけ》の仁平忠勝が訪ねてきたのは、もう夕刻も迫まる頃だった。偶然にも、槙正太郎の時と同じ、目付の仁平忠勝が担当になった。

少し死臭が漂いはじめた。

その頃になると、高村家からも嫡男の正太をはじめ、数人の子供や親戚の連中が集まってきた。

妾を抱えていたと知ると、高村家の者はただ驚き、顔を見合わせた。

「何も手をつけてはおらぬな」

目付の仁平忠勝は、北町奉行所の与力・平田稔に確かめた。

「目付様のお仕事と思い、現状のままでござる」

腰を低くして答えた。

「左様か、宜《よろ》しい」

仁平忠勝は頷《うなず》くと、城から一緒に連れてきた数人の徒目付《かちめつけ》に指示を出した。

「これは自害じゃないな、切腹するんだったら腹を割《さ》いてから首筋を斬るが、首を斬ってから、腹に刀を刺すなんて格好はあるまい」

仁平忠勝は血の中に倒れ込む高村正蔵の様子を探り、ひとつ、ひとつ検討を重ねていった。

死骸《しがい》のある部屋の隅にある変わった小刀に気がつき、手にとった。

「なんだ、これは？　もしかしたら、黒鍬者《くろくわもの》がよく使う道具じゃないか」

仁平忠勝は、手に触りながら（はっ）とした。

「そうだ。二、三カ月前の勘定方での首吊《くびつ》りでも、黒鍬者が専用に使う手拭《てふ》きが落ちていた」

以前の事件との相似《そうじ》に、疑問が過《よ》ぎった。

あの時は気にもかけなかったが、何か繋《つな》がりがあるのかも知れぬと、仁平忠勝は心の中に止《とど》めた。二つに関連があるとすれば、二つとも自害ではないかも知れないとの疑念も湧き起こった。

十八

高村正蔵の死の噂は、その日のうちに勘定方全体に広がった。

「切腹だそうじゃ」

と言う者がいるかと思えば、

「いやあ、誰かに殺されたらしい」

と声をひそめる者もいた。

妾《めかけ》の家で死んだことは、特に関心を呼んだ。そのせいか、覚悟の死ではないという結論が大勢を占めた。それにしても恨《うら》みを買うような人ではないというのも、大方の人びとの意見であった。

間崎誠之は槙正太郎につづく高村正蔵の死に、当然のごとく大きな疑心を持った。信之助は何か予感めいたものを感じていたせいか、来るべきものが来たという思いが強かった。

「正太殿を訪ねてみまする」

間崎誠之は、すぐに高村家へ向かった。

「父上が亡くなった同じ日に、わが家にも盗賊が入ったようであります」

高村正太は、顔を曇らして言った。

「何か盗まれましたか」

「それが一向《いっこう》に見当がつきませぬ、ただ父上の書斎部屋が荒らされ、何かを探し求めたような感じでした」

「多分、先日もお聞きしました控え帳でありましょう」

「と言われても、儂《わし》には覚《おぼ》えがござりませぬ」

「高村殿が生前に言われていました。もし儂《わし》に何かが起きたら、息子の正太殿のもとを訪ねよと」

「左様でござりますか」

高村正太はだんまり、思案にくれた。

暫《しばら》く考えに耽《ふけ》ったあと、

「そうでありました、少し前に小さな封書を貰っていました」

と思いだしたように答えた。

「何か説明をされて、渡されましたか」

「いやあ、何も難しいものではない様子でした。ただ自分に何かがあった時、開けてみよと言うていました」

「封書を開けてごらんになりましたか」

「肌身離さず懐《ふところ》にしまっていましたが、遺言書であったはずですが」

実直な男らしい物腰で、高村正太は正直に答えた。

「良うござった。それで書類が、賊達にも奪われずに済んだのです」

「これが、秘密の書置だとおっしゃるのですか」

腹にしまっていた袋状の布から、書付《かきつけ》を出した。

書付は『父からの申し伝え』という遺言書で、自分が不慮の事故にあった際に伝えておきたいとし、高村家の行く末や母を大切にしろ、弟や妹達を頼むという内容で占められていた。

最後に走書きで、『お主《ぬし》の執務部屋の文箱《ふみばこ》の下を見よ』と記《しる》されていた。

「不思議でござる、これが間崎殿が言われるものでしょうか」

高村正太は首を傾《かし》げたが、隠された物の説明はされていなかった。

「きっと、それでありましょう。明日にでも、見せて下され。父上は申されておられました。儂《わし》に何かがあったら、嫡子の正太殿から受け取って欲しいと」

「分かり申しました。早速、明日にお目にかけましょう」

間崎誠之は約束を取りつけ、漸《ようや》く秘密の資料を得られると、胸をときめかせて帰途に着いた。

「浅井殿、見つかってござるぞ」

翌朝、浅井信之助と顔を合わすと、すぐに喜び勇んで伝えた。

「左様か、念願のものを発見されましたか」

「一緒に参りましょう」

浅井信之助を誘い、別室の高村正太がいる執務部屋へ向かった。

「正太殿、開けて見せて下され」

間崎誠之は、一刻も早く見たい気持で急《せ》かせた。

「待って下されよ」

高村正太は、自分の机の横におかれた文箱《ふみばこ》を手にした。

文箱には、日頃の仕事に関わる走書きや伝達の文書などが詰まっていた。それを掻《か》き分けながら見ていくと、二重底になっていた。その奥に、控え帳が隠されていた。

秘密の控え帳を目にした瞬間、

「あっ！」

三人とも驚きの声をあげた。

信之助は、唖然とした。勘定方に役職が決まった後《あと》、健四郎から探すように依頼されたものと同じだった。健四郎の動きに怪《あや》しげなものを感じたが、現物に直面すると、やはり動揺させられた。

疑念に感じても、まさか健四郎が本当に悪に染まっているとは半信半疑で、疑いたくはなかった。

美佐殿が選んだ夫ではないか。日頃、ふてぶてしい態度の男でも、昔からの幼な友達が悪に染まるはずがないと信じていた。

だが目の前にある『鈴木控え帳』と、槇正太郎が高村正蔵に預けた秘密の資料とが同じだとすれば、一連の二人の殺害にも関わっているに違いない。間崎誠之は槇正太郎が生前に言った話は、間違いなかったと確信した。

死者に鞭打《むちう》つわけではないが、やはり高村正蔵は隠しつづけていた。以前、槇殿が裏切られているかも知れぬという疑問も事実になった。

「正太殿、父上の遺言の通り、控え帳はいただいて参る」

間崎誠之は、控え帳を渡すことを求めた。

すると高村正太は、

「何か意味ありげな物みたいですな。構いませぬよ、どうぞお持ち下され」

と気楽に応じてくれた。

間崎誠之の心の中には、ずっと槙正太郎の遺志を継《つ》ぐ思いがあった。槙正太郎が調べていたものを、ふたたび自分の手で調べなおしたかった。

「浅井殿、あなた様も協力下さいますね」

念を押すように、間崎誠之は信之助に問《と》い質《ただ》した。

「勿論です。間崎殿から話を持ちこまれた時から、儂《わし》の腹づもりは決まってござる」

信之助は当然のごとく、同意すると再度、誓った。

信之助自身も善次を遣《つか》い、高村正蔵の動向も探ったし、今では健四郎の動きでさえ疑っているほどだ。翌日から、信之助と間崎誠之は『鈴木控え帳』と『公式記録の控え帳』との照合をつづけた。

槙正太郎の調べた資料は、ほとんど残されていなかったから、また初めからの調査の繰返しになった。

他の者に気づかれないように、周囲に気を配らなければならなかった。度々遅くまで仕事をしていても怪《あや》しまれるから、用心しながら調査をつづけた。

「見つかりましたぞ、相当に公式の記録には抜けているものが多うござる」

間崎誠之は、目を輝かせて言った。

信之助も調べものはあまり得意ではないが、一心に協力しつづけた。

十九

二人は手分けして調査した結果、漸《ようや》くはっきりとした確証を得ることができた。

間崎誠之は、槙正太郎が懸命に調べたものが確認されると、夢中になっていたのが良く理解できた。

一方、信之助は健四郎が、

「もう、要《い》らぬ」

と言ったのは、本当に用無しになったのかと思った。

全国の幕府直轄地からの年貢米を、不正に横流しした実態を知るにつけ、許せぬと二人は憤慨《ふんがい》した。

完全に照合が終わったら勘定吟味役《かんじょうぎんみやく》か、目付にでも訴えなければと考えた。信之助と間崎誠之の二人が、暇《ひま》をみては証拠調べに没頭していた夕刻のことだった。

勘定吟味役方改役《かんじょうぎんみやくがたあらためやく》の権藤又十郎からの使いの者と言い、信之助に明日の七つ刻《どき》（午後四時頃）に、

「自邸へ訪ねていただきたい」

と伝言してきた。

突然のことで、信之助はいま調べている健四郎の不正の内容がばれたのかと、咄嗟《とっさ》に思った。権藤又十郎といえば勘定衆から昇進し、現在の地位に就《つ》いた人である。年の頃は殺された高村正蔵と同年輩ぐらいで、比較的に勘定方でも評判の良い、堅物《かたぶつ》として名が通っていた。

信之助は呼出しを受けると、断わるなどできる筈がなかった。

権藤又十郎の屋敷は、九段坂上の番町《ばんちょう》の一角にあった。中々の門構えで、庭の手入れも行き届いていていた。

「御用《ごよう》と伺い、お邪魔いたしました」

信之助は、恐る恐る挨拶した。

日頃、信之助は権藤又十郎と親しく口を利《き》いたこともなく、屋敷への招き自体が唐突だった。

そのせいでもあるまいが、信之助は警戒心を持った。

「浅井殿か、よう来てくれた」

権藤又十郎は、満面の笑《え》みを込めて言った。

信之助は、ますます奇妙に思った。調べものの情報を、聞きだそうとしていると考えざるを得なかった。

その割には扱いが丁重で、大切な客を応接する座敷へと案内した。信之助が席に着くと、すぐに権藤又十郎の娘らしい人が茶を持って現われた。

年の頃、二十二、三歳くらいの少し冷たい感じの娘で、所作は楚々《そそ》としているが、どこか気位《きぐらい》の高さを感じさせた。

「綾《あや》でござる」

権藤又十郎は、娘を紹介した。

「はっ、浅井信之助と申しまする」

信之助も緊張し、挨拶を返した。

「ごゆるりと、お過ごし下されませ」

綾《あや》は体に相応しい、か細い声をだした。

「不束者《ふつつかもの》だが、宜《よろ》しく」

権藤又十郎は、にこやかな笑顔をつくった。

信之助は焦《じ》らすように、重要な要件の話を出さぬ権藤又十郎を訝《いぶか》った。温厚な方ゆえに、取調べもじっくりとなされるのかと思った。すると次には、立派な料理の膳《ぜん》と酒が準備された。

「浅井殿は、召上がるのであろう」

権藤又十郎が丁重に、酒を勧《すす》めてきた。

信之助は恐縮した。本音《ほんね》が分からぬゆえ、酒も気持良く喉《のど》を通らず、ずっと不安がつきまとった。

「遠慮のう、召上がって下されよ」

権藤又十郎は精一杯、信之助を持てなそうとした。

信之助は気持が悪かった。早く要件を切り出して欲しい。じわりと、こちらからの告白を待ち受けているかと思えた。

「権藤殿、本日の呼出しは、どのようなことでござりましょうか」

信之助は辛抱できず、自分のほうから尋ねた。

「いやあ、これは失礼申した。実は、のう」

権藤又十郎は一瞬、言葉をつまらせた。

「何でござりまする。はっきりと、おっしゃって下されませ」

信之助は、いつ鈴木健四郎の不正話が持ちだされるのかと考えた。

「そなたは、まだ一人者であったよ、のう」

「はっ、左様でござりますが」

「一人でいるというのは、特別な理由があるからでもあるまい」

「儂《わし》はずっと小普請組《こぶしんぐみ》暮しでありましたから、縁談話も遠のいていました」

「それでは、今なら嫁を貰うても構わないのじゃな」

「ですが、知らぬ間に年を取り過ぎ、なかなか嫁の来手《きて》はありませぬ」

「いたら、どうする」

「ご冗談を、儂《わし》はもう諦《あきら》めていまする」

「そうもいくまい。浅井家はどうするのじゃ、跡取りを生まねばなるまいに」

権藤又十郎は、真顔で言った。

何を言いたいのだろうか。だが権藤又十郎の呼出しが、健四郎の不正話ではなかったことに何かほっとした。

完全に証拠固めをしたら何とか対処しなくてはと思っても、今は誰にも明かせずに秘密にしておきたかった。

「実は儂《わし》の口からでは言いにくいのだが、娘の綾《あや》だけれど如何《いかが》なものかのう」

「えっ、先程の娘御《むすめご》殿のことでございますか」

「左様、そなたとなら年頃も丁度良いと思うている。二十歳《はたち》は過ぎてはいるが、三十歳を過ぎたそなたとなら似合いであろう」

「本日のお招きは、そのようなお話でしたのか」

「そうじゃ、他に何があろう」

権藤又十郎は、また微笑《ほほえ》んだ。

「有難いお話ではありますが……」

信之助は、思いも寄らない縁談話に戸惑《とまど》った。

咄嗟《とっさ》のことで、何と返事をして良《い》いものか困り果てた。と同時に信之助の頭の中に、美佐《みさ》の顔がくっきりと浮かんだ。

なぜか綾《あや》の顔と、美佐の顔が重なりあったから不思議で堪《たま》らない。

「すぐに返事をくれとは言わぬ、少し考えてからで良いが返事をくれぬか」

優しげに、権藤又十郎は言った。
四、五カ月の間、浅井信之助の仕事ぶりやら人柄をじっと観察し、性格的にも意に適《かな》った人物と思え、婚期を逸《いっ》しつつある綾《あや》の婿《むこ》に迎えようとした。
きっと、この男なら、

「娘を幸福《しあわせ》にしてくれるに違いない」

と確証を得たからであった。

ふたたび綾が信之助の前に現われ、酌《しゃく》をした。どこか意識した素振《そぶ》りで、顔の繕《つくろ》いも直してきて、最初の挨拶の時より少し色気を感じさせる仕草もした。

権藤又十郎は別れ間際に初めて仕事に関し、

「不都合なことはないだろうな」

と通《とお》り一遍《いっぺん》の質問をした。

それも挨拶代わりの言い方でしかなく、信之助もほっとはしたが、

「自分でも嫁を貰わなくては」

などと自問しつつも美佐の顔が浮かび、その思いを断ち切った。

二十

九段坂上の権藤又十郎屋敷から帰り着いたのは、かなり夜も更《ふ》けていた。家人《けにん》の阿部五郎左衛門は先に休みもせず、じっと信之助の帰りを待っていた。

「結構、召《め》されていますのか」

信之助の体を按《あん》じ、様子を窺った。

「そうでもないが、上司の家の招きは気を使う」

信之助は、率直な思いを告げた。

「何か難しいお話でもございましたのか」

「いや、嫁の話よ」

「世話をして下さるとのことですか」

「儂《わし》に娘を、どうかと言われたのじゃ」

「そうでございましたか、実は私めにも、縁談の話があるのですが」

「何だと、儂《わし》のことは心配しなくとも良いと言うておろうが」

「当家にとっては、お似合いの娘御《むすめご》でございますぞ」

「誰であろうと、いらぬ」

「本所吉田町にお住まいの、二百五十石取りの旗本の家筋でござります」

「迷惑がかからぬように、上手《うま》く断ってくれ」

信之助は顔を顰《しか》めたが、奇妙な巡り合わせだと思った。

縁談話が同時に起きて、可笑《おか》しくさえ感じた。でも、ふたたび美佐の顔を思い浮かべ、すべてを拒否したい気持が強まった。

美佐への恋情《れんじょう》を断ち切ることはできない。だが美佐が、

(健四郎の嫁であるのが幸せなのだ)

という思いを抱くのも、信之助の本心で偽《いつわ》りはなかった。

何か相矛盾《あいむじゅん》しているようだが、信之助がずっと持ちつづける恋情と、心底から惚れた男の真実《まこと》としか言いようがない。

自分が一緒になりたい願望より、先に女の幸福《しあわせ》を願う男の思いである。信之助の心は、美佐が健四郎の嫁になった時から、今も変わらなかった。

いずれにしても権藤又十郎殿の話も、

「お断りしなければならぬ」

などと帰途の間も思いつづけていた。

浅井家を絶やさぬのも大事だが、自分の思いを曲げてまで存続させようとは考えられないでいた。

家人の阿部五郎左衛門は、信之助の煮え切らない態度に不満そうで、

「権藤様のお話こそ、真剣にお考えなされ」

と捨て台詞《ぜりふ》を吐き、席を立った。

ただ信之助の頭の中には、健四郎の不正への懸念があった。悪行《あくぎょう》を重ねている健四郎の事実を知るにつけ、何とかしなければならぬと思った。

最終的に結論を得たら一度、諫言《かんげん》し、悪行から足を洗わさなければなるまい。そうでないと、美佐を悲しませることになる。

美佐は健四郎の嫁で良かったとの思いも、壊れてしまうではないか。信之助は、健四郎の不実な行為を考えると心が苛立《いらだ》った。

健四郎は高村正蔵の処分を勘定吟味役《かんじょうぎんみやく》の北村内膳《きたむらないぜん》と、札差《ふださし》の御倉屋利左衛門《みくらやりざえもん》と相談して殺害したあと、素知らぬふりをして嫡子の正太《しょうた》を呼び寄せた。

「そなたには、父亡きあとの高村家の継嗣の件も決まった。依《よ》って現在の臨時職から、本採用に決定しようと考えている」

健四郎は、恩着せがましく伝えた。

「はっ、有難う存じまする」

高村正太は何の疑念もなく、感謝の気持で礼を述べた。

「父親と同様、慎《つつ》ましく忠義の心を持って御奉公するのだぞ」

居丈高《いたけだか》な上司面《じょうしづら》で言い渡した。

高村正太は役所内でも辣腕《らつわん》をふるい、優秀な指導者と名高い鈴木健四郎に声をかけられ嬉しかった。素直に、お礼を言いたかった。まさか、父親を殺した張本人とは知る由もない。

目の前にいるのは、切れ者と評判の鈴木健四郎殿である。疑う余地など、少しもなかった。

「父に負けぬように、ご正道《せいどう》を守り、将軍家に対し忠義一途《ちゅうぎいちず》に奉公致しまする」

実直な高村正太は、姿勢を正しながら頭を下げた。

健四郎はその様子に頷《うなず》きつつ、狡猾《こうかつ》な目をきらりと光らせた。

「ところで、のう。そなたの父上のことで聞きたいのじゃが」

「何でございましょうか」

高村正太は、素直に健四郎の言葉に耳を傾けた。

「実は、父親の正蔵殿に隠し持たれたものがあった筈だが」

「ええっ、何のことでありましょうか」

高村正太は突然の問いに、返答に窮《きゅう》した。

父親の死後、浅井信之助と間崎誠之に控え帳を渡した覚えはあったが、鈴木健四郎の問い尋ねたものと同じであるとは想像できなかった。

「まあ、仕事の控え帳みたいなものだがのう」

「父親の正蔵のものでありますのか」

「本人のではなくとも、誰のでも良いのだが」

健四郎は遠回しな言い方に終始し、要領を得なかった。

「あっ、思い出しました。『鈴木控え帳』なるものがあったことを……」

「何と！　儂《わし》の控え帳がか」

「鈴木様のものかどうかは確とはしませぬが、私は父親が鈴木様のご指示のもと控え帳を作っていたものと考えていました」

「そうかも知れぬ、のう」

健四郎は、喉《のど》から手が出るほど欲しいものだった。

だが落着きはらい、惚《とぼ》けた言い方をした。

「多分に、そうでありました。私はちらっと表紙を見たに過ぎませんが、表に『鈴木控え帳』と記されていました」

「ああ、儂《わし》が言うているのも、それに違いない。今でも、そなたの手元にあるのじゃな」

健四郎は取り戻せると思い、笑顔を向けた。

「いいえ、私の元にはありませぬ」

「何じゃと、どうした」

「支配勘定の間崎殿、浅井殿が見えまして、是非とも欲しいとのことでありましたから、お渡し致しました」

「人手に渡してしまったのか」

「鈴木様には、大切なものでござりましたのか」

「いや、そうでもないがのう。あれば一度、見せて欲しいと思うただけじゃ」

健四郎は、逸《はや》る心を抑えて答えた。しかし、

(畜生！)

と思った。

同じ支配勘定の浅井信之助と間崎誠之の手に渡ったとは、何か嗅《か》ぎつけているなと直感した。

それにしても信之助は、なぜにすぐ報告に来ないのか。自分から「要《い》らぬ」と言ったなど、忘れてしまっていた。

いずれにしても二人から、自分の控え帳を取り戻さねばならない。一応、北村内膳と御倉屋利左衛門に相談すると、

「高村正蔵と同じ方法でやるしかあるまい」

ということになった。

二十一

「間崎殿、儂《わし》に誘いが掛りましたぞ」

「誰からです」

「鈴木健四郎ですよ」

「勘定組頭だったら、浅井殿とは古いお友達ではありませんか。お誘いがあっても、不思議な話ではないでしょう」

「そうかな、用がない限り、滅多に誘うような男じゃないのでね」

「じゃ、控え帳のことに気づいてのことでしょうか」

「多分、間違いないでしょう。一席、設けるという話ですからね」

「だったら、用心して下さいよ」

「分かっていますとも」

信之助は当然だと、間崎誠之の不安を打ち消した。

招待を受けた信之助は、浅草柳橋に近い千成亭へ向かった。両国広小路でも名の通った料亭へ接待を受け、信之助は到頭《とうとう》、招かれたかと心が躍った。こんな料亭には生涯のうち、絶対に一度も行けぬ場所と考えていた。

信之助は千成亭が、健四郎と勘定吟味役《かんじょうぎんみやく》の北村内膳《きたむらないぜん》、御倉屋利左衛門《みくらやりざえもん》の打合わせ場所で、御倉屋利左衛門の持ち物であるなど知らない。やり方は高村正蔵《たかむらしょうぞう》を誘惑したと、同じ方法が取られた。まず豪華な料理が出され、上物《じょうもの》の酒が準備され、同時に千成亭へ入った時から、ぴたっと美しい女が信之助の側《そば》に付いた。

今まで見たこともない美人だった。肌は透《す》きとおり、まさに雪肌である。時折、肌がほんのりと桜色に染まると、何とも言えぬ色気があった。信之助が接したことのない、違う世界の女に思える。その女がずっと寄り添い、一切の世話を焼いた。

信之助は勧《すす》められて酒を口にした。一度も味わったことのない、最高の酒だったが、信之助は美味《うま》いとは思わなかった。呑助《のみすけ》の信之助には、飲む相手がどんな人間かで酒を楽しくさせたり、不味《まず》くさせたりしたからだ。

どんなに料理が豪華でも、酒が最高の上物でも、飲む相手が気にくわぬ人間なら、不味《ま》い酒席と同じでしかない。健四郎は高村正蔵の時と同じに、じっと信之助の食と酒の進み具合に目をそそぎ、どうだいと言わんばかりの顔をした。

これまで一度も食ったことも、飲んだこともないだろうと、傲慢《ごうまん》な態度で様子を探った。信之助は思いのほか料理にも手もつけず、酒も進まなかった。健四郎の思いとは、大分違った。人を食ったような顔付は変わらないが、頼みごとをする時の顔付は幼い昔と変わらぬ表情で接してきた。

「さあ、お飲み下されませ」

側《そば》に付いた女が、積極的に盃を勧《すす》めた。

「十分に、頂いている」

信之助はぶっきらぼうに答えた。すると女は、

「私はお恵《けい》と申します。私を自由に、お使い下さいましよ」

と今度は気をそそるように小声で囁いた。

お恵とは、どこかで聞いた名前だなと信之助は一瞬、思いを巡らした。

「そうだ」

善次が教えてくれた、高村正蔵の妾《めかけ》だったと思いだした。

そこで皮肉まじりに、

「高村殿のことを、時には思いだすのか」

と、本心を探るつもりで聞いてみた。

「えっ!」

束《つか》の間《ま》、驚きの声をあげたが、すぐに落着き払い、

「どなた様のことでありますのか」

と惚《とぼ》け、(ほっほっ)と笑いで誤魔化《ごまか》した。

美人顔に似合わず、悪に染まった女に違いない。御倉屋利左衛門に言い含められ、奴等の言われるがままに動いているのだろうが、信之助は許せなかった。

「高村殿は、そなたを真剣に愛したというではないか」

強い口調で責めてみた。

それにはお恵はなんの反応も示さず、ただ(ほっほっ)と笑いつづけた。信之助とお恵の会話は小声だから、少し離れた健四郎の耳には達しなかった。

そのせいか健四郎は、二人が意気投合していると考え、

「信之助、お恵が気に入ったようだのう」

と声をかけてきた。

二人の会話が聞えぬだけに信之助の心がお恵へ傾き、会話に花を咲かせていると勝手に想像したらしい。

「そう見えますかな」

信之助は、嘲笑気味《ちょうしょうぎみ》に答えた。

「いや、いや、気に入ってもらって良かった。美佐《みさ》には何も言わぬゆえ、思う存分に可愛いがってくれえ」

独《ひと》りよがりに喜んだ。

（馬鹿な奴だ！）

信之助は思った。

ここで、自分の妻である美佐の名を出すとは、信じられなかった。信之助が今も美佐に心を寄せていると知っての言葉にしても、自分の妻を出《だ》しにするとは許せない。もっとも大切にすべきはずの、夫の言葉とは信じられなかった。

（美佐殿をもう少し大切に扱ってくれ）

と、側《そば》に行き、殴ってやりたい衝動に駆《か》られた。

「どうじゃな、料理と酒は？」

高村正蔵と同じに、ゆっくりと時間が経過してから問うた。

ただ健四郎の思いとは別で、信之助の箸《はし》と酒は一向《いっこう》に進まないでいた。

「何故《なにゆえ》に、このような馳走《ちそう》をしてくれたのか、儂《わし》には分からぬ」

信之助は、率直な疑問を投げかけた。

「覚《おぼ》えがあろう」

健四郎は、いつもの横柄な口《くち》の利《き》き方をした。

「何のことだ」

「儂《わし》がお主《ぬし》に最初、頼んだものよ」

「控え帳のことか」

「そうだ。なぜに手に入れたら、すぐに儂《わし》のもとへ報告に来ぬ」

「あれなら、そなたが要《い》らぬと言うたではないか」

信之助は、わざと声を強めて言った。

健四郎自身が面倒臭《くさ》そうに用無しの態度を取ったのを、記憶に止《とど》めずに忘れてしまっていた。

信之助は今では健四郎の悪行を掴んだが、まだ明かさなかった。

「あの時は、そう言うてしもうたかも知れぬが、あれが欲しいのじゃ」

「儂《わし》が持っているものと、知っての質問か」

「ちゃんと、高村正太に確かめている。お主か、間崎が持っているに違いない」

健四郎は、ぐっと睨《にら》んで言った。

信之助は公式記録と照合しながら間崎誠之が、

「自分が持っているより、浅井殿に預かって貰ったが安心です」

と言われ、『鈴木控え帳』を預かってはいた。

「あれを渡してくれたら、何でもお主の言うことを聞いてやろう」

「相当に大切なものらしい、のう」

信之助は、惚《とぼ》けて言った。

もう役職に就けてくれた恩義など、信之助は忘れようと考えた。不正を発見した以上、幕府の人間として黙っておくわけにはいかない。

二十二

「渡してくれたら、お主を勘定衆に取り立ててやろう」

「なにっ、まだ半年も支配勘定を勤めておらぬのに、そんなことができるのか」

「ああ、特別扱いで昇進させようではないか。それに側《そば》のお恵《けい》も、自由にして良《い》いぞ」

信之助は、そんな甘い話に乗るものかと自分に言い聞かせた。

大体が罠《わな》に嵌《は》まれば、末路の結果は十分に理解できた。信之助はそれより、健四郎を悪行から断ち切らせるのが先決と考えていた。

「昇進の話も、女も、いらぬ。今日は何のための馳走か知らぬが、帰らしてもらうぜ」

信之助は、健四郎を無視して席を立った。

すでに健四郎へ、遠慮をする気持は捨てた。勘定方の役職に就けて貰ったといって、いつまでも卑屈になる必要はなかった。

どんなに立派な料理でも、上物《じょうもの》の酒でも、飲む相手が嫌《いや》な奴だと気分が悪かった。柳橋から両国橋の方に帰りながら、なぜか無性《むしょう》に飲みなおしたくなった。

料理や酒は上等なものでなくとも美味《おい》しい酒が飲みたいと、両国広小路の米沢町の藤屋へ久しぶりに足を向けた。役所勤めをしてから足が遠《とお》のいていたが、今日は飲みなおしたい気分が高まった。

藤屋なら、善次にも会えるかも知れぬという期待もある。

「あっ、先生！」

信之助が入るなり、中央に席を構えた藤屋功兵衛《ふじやこうべえ》が大きな声をあげた。

藤屋は昔と同じままに繁盛し、店内は多くの人々でごった返していた。信之助は、なぜか懐《なつ》かしかった。料理も、酒も、千成亭とは雲泥の差があったが、信之助には最高に美味《おい》しい雰囲気を味わえた。

「善次はいるか」

主人《あるじ》の功兵衛に聞いてみた。

「どこへ出かけているのか、いませんぜ」

功兵衛は、人の良さそうな顔付で答えた。

「じゃ、少しだけ飲ませて貰おう」

信之助は以前、よく座った右奥の同じ席に腰を下ろした。

「やはり、ここは良《い》いねえ」

随分と来ていないが、なぜか心が落ち着いた。

周囲の騒々しい店内を眺めながら、高級な千成亭より、よっぽど素晴らしい店だと思った。四半刻《しはんどき》（三十分）も飲みなおしたあと、気分も元に返ったため、帰ろうかなと席を立とうとした時、善次が顔を現わした。

「浅井の旦那、店へ来るなんて珍しいじゃありませんか。どういう風の吹きまわしです」

「柳橋横の千成亭に呼ばれ、馳走になってきたが、面白くねえ相手だったから、今一度飲みなおしていたんだ」

「なるほど、何か嫌なことがあったんですか」

「どうだい、鈴木健四郎の調べは進んでいるか」

「もちろんでさあ、旦那には今夜でもご報告にあがろうかなと考えていたとこでした」

「そうか。話を聞きたいが、人の多いところじゃ不味《まず》いから、儂《わし》の家でも行くか」

「へえ、それが良うござんしょ」

他人には聞かれては困る話もあり、二人は連《つ》れだって藤屋を出た。

藤屋功兵衛は、善次を自由にさせていた。雇った用心棒の関係より、もっと深い繋《つな》がりがありそうでもある。

信之助の屋敷に着いた時は、宵《よい》もかなり深まっていた。

「健四郎の動きを、詳細に探索できたのだろうね」

「そりゃ、もう十分に探ってきていますぜ」

「すまないねえ、無理な頼みをしちまって」

「なんてえこと、ありませんや。それより、浅井の旦那が接待された千成亭こそ、悪人どもの巣窟《そうくつ》でさ」

「何だとやはり、そうだったのか。今日の接待具合から、どうも怪《あや》しいとは思ったんだ」

「あそこは、札差《ふださし》の御倉屋利左衛門《みくらやりざえもん》の持ち物ですぜ」

「豪商で名高い御倉屋利左衛門のものか」

「そうでさ」

答える善次の言葉に、信之助は少し驚いた。

「両国橋近辺じゃ、高級な料亭として有名だったよな。できれば、一度は訪ねてみたいと思っていた店だったが」

「旦那は今日、それが適《かな》ったのでしょう」

「ところが行ってみると、嫌《いや》な感じだったね」

「あそこでは御倉屋利左衛門と、鈴木健四郎、勘定吟味役の北村内膳の三人が、いつも悪の相談を繰り返していますさあ」

「誰が中心なんだ、鈴木健四郎か」

「いいえ、北村内膳ですよ。槙正太郎《まきしょうたろう》さん、高村正蔵さんの殺しを指図したのも、みんな北村内膳ですよ」

「勘定吟味役の北村内膳といえば、勘定奉行所を取り締まるべき中心人物ではないか」

「そうなんですが、随分前から鈴木健四郎を抱えこみ、不正を働いていたようです。殺しには、黒鍬者《くろくわもの》を使ってやらせていまさあ」

「まったく知らなかった。最終結果が出たら、勘定吟味役か、目付に相談しようと思っていたが、相手を間違ったら大変なことになるところだったな」

「へえ、年貢米の横領から、米相場の利鞘《りざや》で大儲《おおもう》けしていますのさ」

「勘定吟味役は、勘定方にあと二人の方がいるが、用心せねばならぬな」

「鈴木健四郎てえ奴は、たんまりと稼いだ金を上役にばらまき、上の役職を買ってきたようなもんですぜ」

「そんな男の世話になったのかと思うと、悔《くや》しいな」

「あの男には、若い女もいまさあ」

「なにっ、妾《めかけ》をおいているとでも言うのか」

信之助は、かっと血が頭にのぼった。

美佐を悲しませる行為が許せなかった。優秀な健四郎の嫁になったのが、良かったとの思いが裏切られた。同時にどうにかしなければならぬと、信之助は思った。

「妾の家はあっしの藤屋から、ちょいと元柳橋側に向かった薬研堀《やげんぼり》の前でさ」

「何だと、だったら自分の屋敷がある若松町からも目と鼻の先じゃないか」

「そういうこってさ、図々しい男らしいですね、鈴木ってえのは」

信之助は美佐が悲しむ姿を想像すると、胸が締めつけられる気がした。

健四郎に女がいると、絶対に美佐へ感づかせてはならない。

「女とは、随分とつづいているのか」

「いいえ、今の若い女とは、ここ二年くらいのところらしいですぜ」

「というと、以前にも同じように囲い女がいたというのか」

「どうも今度のが、三人目らしいですよ」

信之助は健四郎の妾《めかけ》の話を、もっと詳しく知りたかった。

「その新しいのは、なんてえいう名だ」

「お英《ふさ》と言いまさ」

「美人なのか、お恵と比べ、どうだい」

「どっちとも、つけがたいですがね。そりゃ、中々のもんですぜ」

「健四郎のやつ、二年前からお英とかいう女を抱《かか》えていたのか」

「十六、七歳の頃からと言うんじゃ、美人だけに可愛いんでしょう」

「早く、お英という女を何とかしなければなるまい」

信之助は怒りのあまり、(うーん)と唸《うな》った。幼い頃からふてぶてしい男と感じていたが、信之助は急《せ》かされる気が高まった。

二十三

健四郎の不正を正《ただ》すのも大事だが、妾《めかけ》も素早く処置せねばなるまい。美佐を悲しませぬためにも急ぐ必要がある。信之助と間崎誠之は、健四郎の不正の実態を公式記録と照合し終えて、すべてを完全に掌握した。

「さあ、どなたへご報告致しましょうか。勘定奉行殿に直《じか》に申しあげるべきか、それとも勘定吟味役殿か、目付殿か、いずれでござろう」

間崎誠之が、真剣な目差《まなざし》で相談してきた。

信之助は一瞬、北村内膳と御倉屋利左衛門との絡繰《からく》りを伝えたかったが、今暫《いましばら》く考えがあって控えた。調べた記録は念のため二通を作り、二人がそれぞれ一通ずつを持ち合った。すぐにも間崎誠之は上司へ訴えたいようだが、信之助は少し待ってくれと頼み込んだ。

その直後、間崎誠之は健四郎から呼出され、一席持ちたいとの誘いを受けた。選ばれた場所は、信之助と同じ千成亭である。間崎誠之が接待を受けてから十数日が経《た》ったが、間崎誠之は一向《いっこう》に信之助に当日の状況を話そうとしなかった。

信之助のように、あっけらかんに打ち明けない。信之助は少し訝《いぶか》る気持になり、思い切って尋ねてみた。

「どうでしたか、接待を受けた様子は」

「はあ、中々に結構なものでありました」

間崎誠之は日頃と違い、なぜか口が重い。

「贅《ぜい》を極めた持て成しに驚いたでしょう」

信之助は、間崎誠之から話を聞きだそうとした。

「あんな高級な料亭は初めての経験でしたよ、驚きました。それに豪華な膳には、目を見張るばかりでした」

「若い女も、付いたでしょう」

「ずっと、細かなところまで面倒をみてくれました」

「お恵という女でしたか」

「いいえ、お咲《さき》とか言うておりました」

「儂《わし》の時と違った女だったのでしょうか、細面《ほそおもて》の色の白い美人でしたよ」

「面体《めんてい》は同じようですが……、同じだったのかよく分かりませぬ」

「儂の時は、高村正蔵殿の妾になったお恵だったのですよ」

「まさか、本当ですか」

「間崎殿には、違う女を準備したのかな」

信之助は用意周到な連中だから、別の女を与えたのかと思った。

だが実際は、同じお恵であった。先日、信之助に高村正蔵の女であったとばれたから、名前を変えたに過ぎない。

「何か感激されたような様子ですね、間崎殿」

信之助は、奴等の策略に嵌《は》まっていないか確かめた。

「そりゃ、吃驚《びっくり》しましたよ。あれだけの持て成しですからね」

「他にも、別の誘いがあったでしょう」

「いや、別にありませぬが……」

間崎誠之の態度は、確かに煮え切らなかった。

接待以後、様子が違っている。信之助は間崎誠之が、罠《わな》に嵌《は》まったと直感した。多分、勘定衆への昇進を釣り言葉に陥落させたのだろう。

あれほど間崎誠之の方が不正を正《ただ》すのに積極的だったが、職場での昇進という餌食《えじき》には弱いとみえ、完全に陥落させられていた。

信之助が訴えるのを少し待つように言ったのが裏目に出た。様子から察し、間崎誠之はお咲とかいう女と同衾《どうきん》したようだ。別宅を与えられた訳でもないだろうが、間崎誠之は嫁を貰って間もないから、波風が立たぬよう願った。

間崎誠之を誘惑した女が別人ならよかったが、高村正蔵が夢中で愛した女と同一人物だから悲劇的といえた。

間崎誠之は千成亭で接待を受け、高村正蔵が受けたと同じ方法で健四郎達の術中《じゅっちゅう》に陥《おちい》った。最初は熱血的な正義感を持っていたが、目にしたこともない豪華な膳と稀《まれ》に見る美女に翻弄《ほんろう》され、罠に嵌まってしまった。

最初の夜から間崎誠之も、健四郎の思いどおりになったわけではなかった。信之助との誓いを思いだし、すぐには照合記録について口を滑《すべ》らすこともなかった。何回も重ねられる接待攻勢に、間崎誠之も魔《ま》が差《さ》したのか負けた。

陥落できると読まれた男への攻略戦術だった。三回目の時に、間崎誠之は遂《つい》に控え帳の存在を白状した。どうも勘定衆への昇進話が、決定的な要素になった。

「控え帳は、誰が持っているのだ」

健四郎は陥落させるや、強圧的な言葉で迫った。

「浅井殿に預けてござる」

間崎誠之も心を売ると、もはや隠さずに答えた。

「信之助は、何も知らぬと言うていたぞ」

「間違いござらん。だが公式記録と照合したものは、儂《わし》も持ってござる」

「照合したものというのは、そなただけが持っているのか」

「いえ、浅井殿も同じものを持ってござる」

「左様か、相分《あいわ》かった。隣の女が気に入ったようだな、好きにせい」

健四郎は、吐き捨てるように言った。

翌日には、しっかりと間崎誠之の持っていた不正記録を譲り受けた。三回目の時の夜、間崎誠之はお咲《さき》を抱いた。以来、女の手練手管《てれんてくだ》に溺れ、高村正蔵同様に夢中になった。それゆえ職場では、信之助の目が怖《こわ》かった。

自分が槙正太郎から引き継いだ正義も萎《な》えてしまい、消失させたことへの後《うし》ろめたさがあった。健四郎は間崎誠之を攻略したあと、北村内膳と御倉屋利左衛門に処置の相談を持ちかけた。

「間崎のものは、すべて手に入ってござる」

「我々の秘密を知った者であろう」

北村内膳は、声を押し殺して冷たく言った。

「あと一人、浅井信之助が控え帳と照合記録を持っていまするが」

「その男を、何とかしなければなるまい、まず間崎誠之とやらを処分しよう。殺しの仕方は、儂《わし》に任《まか》せておけ」

北村内膳の一言《ひとこと》で、間崎誠之の殺害が決まった。

一方、信之助は接待攻勢ではどうにもならぬと判断すると、控え帳と不正記録を取り戻すため刺客《しかく》を送るより、他に方法はあるまいと言い切った。

二十四

間崎誠之からの訴えの催促が、まったく途絶えた。あの熱血漢ぶりも影をひそめ、今では控え帳の話さえ避けた。信之助は槙正太郎の正義を引き継ぎ、積極的だったはずの間崎誠之の変わりように困惑した。

確かに少し待ってくれと、当初は信之助が頼んだ。健四郎に諫言《かんげん》し、改悛《かいしゅん》させようとの考えからだった。美佐を悲しませぬため、ぜひ内密に実行したいと思った。

健四郎の嫁へ行くと決まった時、最後の夜に二人は会った。もう会えぬと思いながら、二人は手と手を握り合った。信之助は、その時の掌《てのひら》の感触を忘れられない。柔らかくて、優しさが伝わり、心の中に染《し》み込《こ》んだ。

信之助は美佐が健四郎の妻になろうとも、一生涯にわたり愛しつづけ、愛を捧げようと心に誓った。美佐の幸福《しあわせ》を壊《こわ》す者は、誰であろうと許せなかった。そのためにも早く健四郎に会い、悔《く》い改《あらた》めさせて正しき道に進ませたかった。

信之助は休みの日に、薬研堀前《やげんぼりまえ》の健四郎の妾宅《しょうたく》を訪ねた。善次に教えられたとおり、すぐに探し当てることはできた。小綺麗で、さっぱりとした家構えをしていた。

玄関横の柘榴《ざくろ》の木には四、五個の実がざっくりと口を開け、赤い実をさらけ出し、塀《へい》に囲まれた庭には、菊の花がいろどり良く咲き綻《ほころ》んでいた。門には表札は掲げてなかったが、多分に間違いないと信之助は扉を開けた。

「ごめん」

声をかけると、二十歳《はたち》前の女が出てきた。

この女がお英《ふさ》というのかと、信之助は思った。若いだけではなく、中々に美しい女に見える。健四郎が十六、七歳の頃から手掛け、育ててきたのかと思うと憎々《にくにく》しげに思えた。

「何か御用でござりますか」

思いのほか、楚々《それ》とした身のこなしようだ。

「鈴木殿は、ご在宅かな」

惚《とぼ》けて、尋ねてみた。

「本日は、まだ見えておりませぬが」

お英は、素直に答えた。

お英だけは、悪に染めてはいないようだ。妾とはいえ、どこかいじらしい容姿に見えるが、美佐には決して知られたくない女であるのは間違いない。

信之助は健四郎の妾宅と、妾の本人を知ることができ目的は達せられた。家の様子からすると、他には小間使《こまづか》いの女がいた。

「どなた様でござりましょうか」

お英は、怪訝《けげん》そうな表情で問うた。

「浅井信之助と申す」

名前をはっきりと名乗った。

「お伝えすることがありますれば、申し伝えますが……」

お英は、見かけどおりの静かな女だった。

「左様じゃのう、見えられたら、儂《わし》の家へ来て下さるように頼む」

信之助は、伝言を頼み去った。

健四郎の妾宅を訪ねたのは、お英の顔を確かめておきたかった。もちろん健四郎に一度、談判したかったのも事実だ。信之助は元柳橋を渡ったあと、妾宅の反対側の薬研堀に沿って歩き、日本橋若松町の健四郎の屋敷を訪ねた。健四郎の家を訪ねるのは、勘定組頭への昇進祝い以来である。

信之助はもう一度、美佐に会っておきたい気持があった。

玄関口で、鈴木家の家人《けにん》に取次ぎを乞うた。

「主人《あるじ》殿は、ご在宅かな」

「唯今、留守にしておりますが」

「左様か、それでは奥方殿はおられるかな」

信之助は、美佐との面談を求めた。

暫《しばら》くすると、玄関先に美佐が現われた。

一瞬、美佐は（はっ）とした様子を見せ、

「信之助様、如何《いかが》されました」

と言った。

信之助と名前で呼ばれたのは、昔に別れた時以来といえた。信之助は、胸が高鳴った。いま会ってきたばかりのお英《ふさ》に比べ、若さや美形さでは適わないが、美佐には女としての輝きと気品さがあった。

「健四郎殿に会いたいと思いまして、のう」

健四郎に会いたいのも事実だが、本心は美佐へ別れを告げておきたかった。

自分が少年の頃から愛しつづけた女を、もう一度、目に焼きつけたかった。健四郎の勘定組頭昇進披露宴の時と同じに、美佐は何かを訴えたいのか、この時も憂《うれ》いの目を送った、ずっと信之助が、疑問に感じていた目差《まなざし》であった。

「役所でお会いできませぬのか」

美佐は、少し冷たい言い方をした。

「いえ、個人的に特別な相談したいことがありまして、のう」

信之助は、美佐の目をじっと見つめたまま言った。

「主人殿《あるじ》は多忙を極めているようですが、いかが取りはからいましょうか」

と先程の咄嗟《とっさ》に、

「信之助様」

と言った様子と違い、美佐は冷淡を装《よそお》った。

「それでは、わが家へ来るように伝えて下さらんか」

心の中に憂《うれ》いの疑問を感じたまま、美佐と別れた。

もう、これで会えぬかも知れぬと思うと、寂しさが込みあげてきた。美佐を悲しませぬためにも、健四郎を説得せねばならぬ。本来なら配下の者の家へなど、上司の者が出向くなどある筈がない。幼な友達とはいえ、今では勘定組頭と支配勘定の間柄である。きっと怒るに違いないが、健四郎にも控え帳という弱みがあった。

信之助が両国広小路を横切る頃、日本橋本石町《ほんごくちょう》の暮六つ刻《くれむどき》（午後六時）の『時《とき》の鐘《かね》』の音を聞いた。両国橋を渡り、すぐ左側の駒留橋を越し右へ折れ、藤堂和泉守の屋敷を過ぎると回向院《えこういん》横の辺《あた》りにきた。

すでに町並みは、薄《うす》ぼんやりとした宵闇《よいやみ》が迫っていた。どこに隠れていたのか、音もなく三人の黒覆面《くろふくめん》の男達がすっと現われ、信之助を取り囲むと突然に斬りつけた。

「むっ！　何奴《なにやつ》、名を名乗れ」

信之助は、瞬間的に身構えて叫んだ。

「…………」

黒覆面の男達は無言のまま、次から次へと斬りつけてきた。

信之助は、剣には自信があった。今の勘定方の仕事より剣術の腕のほうが確かだし、長年《ながねん》、北辰一刀流《ほくしんいっとうりゅう》の千葉周作の玄武館道場で鍛《きた》え抜いていた。咄嗟《とっさ》に上段《じょうだん》から斬り込んできた男と、脇構《わきがま》えから斬りあげてきた男の刀を避けると、信之助はじっと目を据《す》えて睨《にら》んだ。襲ってきたのは、三人であるのも確かめた。

静かに信之助は中段《ちゅうだん》に構え、相手の出方を待った。

身構えながら、健四郎や北村内膳が寄越した刺客《しかく》達に違いないと読んだ。憎《にく》い仕打ちに、無性《むしょう》に腹が立った。ここは、成敗するしかない。信之助はすっと息をひそめ、黒覆面の男達を側《そば》に引き寄せた。誘われるように、三人はするすると迫ってきた。その瞬間、前方の男に対し、さっと刀を突きだし、喉頸《のどくび》を刺して倒した。

「むっ！」

死ぬ間際《まぎわ》の声が漏れた。

残りはあと二人、信之助は息もつかず、抜いた刀で右側の男を横斬りにし、振返《ふりかえ》り際《ぎわ》に上段から真下《ました》に斬り下ろし、左側の男の脳天を真っ二つに割った。

二十五

（ふーっ）と、信之助は息を整《ととの》えた。真剣勝負をすると、神経を集中するためか精神的な疲労が高まった。剣の交《まじ》わりは、一瞬の隙《すき》を狙って攻撃をかける瞬間技《しゅんかんわざ》によって決まる。剣の腕の善《よ》し悪《あ》しは、瞬間をいかに上手《うま》く捉えるかどうかだった。刺客達の腕では、まだ信之助とは相当に技《わざ》の開きがあった。

信之助は刺客達の襲撃を受け、深刻な状況を察知した。北村内膳や健四郎、御倉屋利左衛門らの悪辣《あくらつ》なやり方に腹が立ち、自分達の思いのままにならないと抹殺《まっさつ》しようとする卑怯《ひきょう》さに怒りが増した。

取り敢えず両国橋前の元町の自身番に、

「見知らぬ男達に、突然に斬りつけられたため倒した。あとの処置を頼み申す」

と届けた。

もちろん自分の身分は明らかにし、本所石原町の屋敷へ帰った。

すると家でも、大騒ぎが起きていた。

「旦那様、大変でございます」

家人《けにん》の阿部五郎左衛門が、血相を変えて言った。

「何ごとが起きたのじゃ」

信之助は、落ち着いて問い返した。

「ちょっと目を離した隙《すき》に、部屋のいたる所が荒らされてござる」

阿部五郎左衛門は、慌《あわ》てふためいていた。

「到頭《とうとう》、来おったか」

「誰が賊であるのか、ご存じですのか」

「見当はついておる。特別に盗まれた物もなかろう」

「左様でございます。部屋が荒らされた割には、何も盗まれておりませぬ」

「そうであろう、あの奴等《す》め！」

信之助は、ぐっと睨《にら》み据えて。

自分を殺そうとし、また盗みにまで入らせるとは許せぬ行為でしかない。取り急ぎ健四郎と、早く話をつけるより仕方がないと気が急《せ》いた。休み明けの翌朝、役所へ出かけると、信之助の机の周《まわ》りの物も掻《か》き乱されていた。

控え帳と照合配録を探し求めたのは明らかだ。隣の席の間崎誠之は、何か素知らぬふりをしていた。どうしたのでしょうと聞くわけでもなく、以前に二人で一所懸命に調べた控え帳に触れるのも避けた。ところが、

「浅井殿、実は私、勘定衆に昇進することが内示されました」

と間崎誠之が告白した。

「昇進でござるか、おめでとうござる」

信之助は疑惑を抱きながらも、祝福を送った。

「ただ今度は公事方《くじかた》（訴訟関係）でしてね、勘定奉行所も常盤橋御門《ときわばしごもん》前、銭瓶橋《ぜにかめばし》の横の所でござる」

間崎誠之は、いかにも喜びに溢れていた。

「何時《いつ》からでありますのか」

「朔日《ついたち》からと聞いており申す。これからは役所の場所が違いますから、浅井殿にも滅多

に会えぬようになりまする」

「なんの、その気になれば、いつでも会えますすとも」

「左様でござるな」

久しぶりに快活な間崎誠之に返り、

「はっはっ」

と笑った。

信之助は奴等が、本当に昇進の約束を履行するか疑問に感じた。しかも控え帳の調べものは、どうするのだろうと思った。

「控え帳の件は、如何《いかが》されますか」

信之助は聞いた。

すると、間崎誠之は（はっ）とした顔をし、

「あのことは、もう良《よ》うござる。あとは、浅井殿の好きなようにして下され」

と消え入るような声で答えた。

間崎誠之は、健四郎らに言い含められたのだろうが、昇進を喜んでいる姿を見ると、嘘でないことを祈るしかなかった。

「浅井殿、勘定組頭の鈴木殿がお呼びでござる」

健四郎の使い番の者が、信之助を迎えにきた。

（ああ、昨日のことだな）と、すぐに想像できた。健四郎の執務する席へ向かうと、

「信之助、儂《わし》をお主《ぬし》の家へ来いと命じたそうじゃな」

と上司面《じょうしづら》をしながら見下して言った。

「言ったとも……。儂《わし》も健四郎のことを思い、よその誰にも聞かれぬ方が良いと、自分の家を選んだのだが」

信之助も下級の立場でなく、昔の友達の立場で対等に応対した。

「何だと！　儂のことを思うてのことじゃと」

「そうじゃ、控え帳のことを公衆の面前で話しても良いのなら別の儀だがのう」

声を潜《ひそ》めながらも、強い口調で言った。

すると、見る見るうちに表情が変わり、

「分かった、分かった」

と信之助の口を封じるように遮《さえぎ》った。

「都合は、いつが良いか」

「お主《ぬし》の家でないと駄目なのか、千成亭では話せぬのか」

健四郎は、押し殺した声で尋ねた。

「二人だけで話したが良《い》いのじゃ、千成亭だと北村内膳殿や御倉屋利左衛門などがおり、健四郎も腹を割って話もできぬでのう」

健四郎は、（うっ）と唸《うな》った。

北村内膳や御倉屋利左衛門の関係を知っていること自体、驚くべきことだった。

自分達の秘密が漏れていると思い、健四郎も焦燥感に駆られた。自分の意のままに動かそうと勘定方の職に就けたのに、それどころか信之助は、自分達の秘密でさえ暴《あば》こうとしていた。

ここは信之助の言うがままに、従うより仕方がなかった。

「三日後は儂《わし》の公休日じゃ、その日の午後に参ろう」

「相分《あいわ》かった、待っておる」

信之助はどんなことがあろうと、健四郎を改悛《かいしゅん》させたかった。

ところが翌日、間崎誠之が昨夜遅く日本橋小舟町の待合い茶屋からの帰り道、何者かに殺されたと大騒ぎになった。

江戸城内の下御勘定所では、六カ月の間に三人の者が殺されたり、変死したりしたことに誰でもが不審がった。何か関係があるのかと、疑いを抱く者も現われた。

信之助はお咲こと、お恵との逢瀬《おうせ》の帰りであろうと思った。あんなに昇進を喜んでいたのに、無惨《むざん》にも殺してしまうとは憎《にく》き仕業《しわざ》であった。

信之助は間崎誠之に、

「控え帳のことを待ってくれ」

と頼んだのが、こんな結果になってしまったかと後悔した。

あの時、すぐに訴え出ていれば間崎誠之も誘惑されず、正義に燃えた明朗、快活な男のままであったはずだと、残念で仕方がなかった。信之助はきっと、この仇《かたき》は討ち果たしてやると肝《きも》に銘じた。

二十六

健四郎が信之助の屋敷へ訪ねてきた。ずっと幼い時に、一度ぐらい遊びに来たことがあったのか、記憶にないくらいの訪問といえた。

横柄な態度のまま、健四郎は屋敷内をじろじろと見渡した。これでも信之助が役所に勤めだしてから、かなりの手入れをしていたが、健四郎には見窄《みすぼら》しく見えた。

人を食ったような素振りは、昔と少しも変わっていない。家人《けにん》の阿部五郎左衛門が茶を持ってきても一切、見向きもしなかった。

「他でもない、そなたの控え帳のことだが」

信之助は、単刀直入に口火を切った。

「返してくれるとでも言うのか」

健四郎はあくまでも、ふてぶてしい態度を取った。

「そうではない。儂《わし》は、そなたの悪行の数々の証拠を完全に掴《つか》んでいる。それを目付殿に差しだせば、道三堀《どうさんぼり》横『辰《たつ》の口評定所』において詮議《せんぎ》され、きっと獄門《ごくもん》・磔《はりつけ》になるのは間違いあるまい」

健四郎の顔が一瞬、青ざめた。

「どうすれば良いのじゃ、何か望みがあれば言うてくれ」

まだ懲《こ》りずに利益を提供すれば、誘惑できると甘い考えでいた。

「儂《わし》には、何も望むものはない」

「だったら、すぐに返してくれぬか」

反省する様子の欠片《かけら》もない。

「健四郎！　まだ分からぬのか」

信之助は怒りのあまり、殴り掛からんばかりの声をあげた。

「訴えでるとでも言うのか」

不安気に、健四郎は問い返した。

「悪行の仲間から、手を引け」

信之助は、凝視《ぎょうし》して迫った。

むっと健四郎は一瞬、たじろいだ。

と同時に、北村内膳と御倉屋利左衛門が頭の中に浮かんだ。

「殺される」

小さく呟《つぶや》いた。

「そなたが絶対に改悛《かいしゅん》するならば、儂《わし》がそなたを守ってやる」

「怖《こわ》い方ぞ、お主《ぬし》の手にはおえない人達じゃ」

二人を思い描いたのか、恐怖に戦《おのの》いた顔をした。

「健四郎、そなたの問題だ。自分が悔《く》い改《あらた》め、正道《せいどう》に復《ふく》するかどうかじゃ」

「以前の悪行は、どうなる？」

「証拠の控え帳も、公式記録と照合した不正の数々の記録も、ここで焼却して見せよう」

「一切を不問に付すというのか」

「左様《さよう》、悪行を断ち切るか、獄門の死を選ぶか、健四郎次第じゃ」

信之助は、真剣に迫った。

「なぜに、そこまで儂《わし》を救おうとする。幼な友達のせいでも、あるまい」

「美佐殿を悲しませたくないのだ」

「やはり、そうか。お主は未《いま》だに、美佐に懸想《けそう》しているのだな」

「そうではない。儂《わし》はずっと、美佐殿がそなたの妻になって良かったと思っていた。儂のように長年《ながねん》、小普請組《こぶしんぐみ》で生活を送るような者より、出世を重ねる健四郎の嫁になったが、どれほど幸福《しあわせ》かと思いつづけてきたのだぞ」

「だが、美佐のためだと言うたではないか」

「そうだとも、夫のそなたの悪行が露見し、死にいたることがあれば、いかほどに美佐殿が悲しむかと思うと辛《つら》いのじゃ」

「美佐を、そこまでも慕うていたのか、信之助」

健四郎は、猜疑《さいぎ》の目を向けた。

「誤解するでないぞ。夫婦《めおと》としての、そなたの妻、美佐殿を大切に考えているのだ。だから、そなたにはきっぱりと悪行から身を引いて欲しい」

「北村内膳殿はどうする、一筋縄《ひとすじなわ》で行く人ではないぞ」

「儂《わし》が、斬る」

きっぱりと言った。

「勘定吟味役殿を斬れば、切腹は免《まぬが》れまいぞ」

「儂《わし》の覚悟は、できている」

「死を賭《と》して、儂《わし》を諫言《かんげん》するというのか」

「当たり前のことだ、そのくらいの覚悟がなくて、なんで健四郎に忠告するものか」

一瞬、健四郎は沈黙を守った。

すると、悔悟《かいご》したのか頭を垂れ、

「すまぬ」

と、か細く漏らした。

「分かってくれるか」

「お主《ぬし》の言うとおりに従おう」

健四郎は、素直に従う姿勢を見せた。

幼い時から健四郎が、信之助へ頭を下げる姿など見せたことなどなかった。

信之助は、心底から改悛《かいしゅん》してくれたのだと思った。

「そなたの気持は、儂《わし》ではなくて美佐殿に誓って欲しい」

「どうしろと言うのだ」

「絶対に今後は悪行に染まらぬと、美佐殿宛に誓約書《せいやくしょ》を書いて貰おう」

「分かった、お主の言うとおりにしよう」

健四郎は信之助の説得が利《き》いたのか、神妙な態度を表わした。

信之助は早速、阿部五郎左衛門を呼び寄せ、硯《すずり》と筆、巻紙《まきがみ》を用意させた。


『誓約書』

私儀、鈴木健四郎は
一切の悪行から足を洗い、今後は正道に復し、仕事一途に専念致します。
今後は一切、妻・美佐に対し不安と心痛を絶対にあたえぬことを誓い、嘘偽《うそいつわ》りでないと、天地神明に誓って約束します。
嘉永《かえい》二年九月晦日《みそか》

鈴木健四郎

鈴木美佐殿

「これで良いか」

健四郎は、血判を押して信之助に渡した。

「儂《わし》の死で、そなた達夫婦《めおと》が幸福《しあわせ》になれば、これに越したことはない。この誓約書は儂が預かっておく」

信之助は、微笑《ほほえ》みを込めて言った。

健四郎は終始、うなだれ、不思議なほどに神妙であった。以前には決して見せたことがない、大人しい姿勢を崩《くず》さなかった。信之助は暫く姿を消すと、隠しおいていた『鈴木控え帳』と不正の照合記録を持ってきて、

「よく見るがよい、そなたの悪行の数々じゃ」

と紙数をめくったあと、火をつけて燃やした。

二人はじっと、二つの書類が燃え切るまで目を離さなかった。その間、無言がつづいた。完全に燃えきり、二つの書類が灰になると、

「これで良い」

と信之助は呟《つぶや》いた。

健四郎も証拠の品が無くなったからと、すぐに豹変《ひょうへん》はしなかった。ただ、北村内膳と御倉屋利左衛門の存在が怖《こわ》かった。信之助が成敗してくれるとはいえ、体が震《ふる》えるほど不安に駆《か》られた。信之助は、

「これで美佐殿を悲しませずにすむ」

と思うと心が落ち着いた。

あとは健四郎の悪の片割《かたわ》れ達を、処分するだけが残った。

二十七

夕刻、信之助は下男の忠蔵を両国広小路、米沢町の藤屋へ走らせた。長嶺《ながみね》の善次を呼ぶためである。

六《む》つ半刻《はんどき》（午後七時）を過ぎた頃、善次は屋敷に訪ねてきた。

「おお、一杯やろうじゃないか」

信之助は善次の到着を待ちわびたかのように、急いで酒宴をつくらせた。

「今夜は、また何です。急のお呼びだから、吃驚《びっくり》しましたぜ」

「済《す》まぬなあ、急にそなたに会いとうなってな」

「いいえ、あっしは一向《いっこう》に構《かま》やしないですがね」

「そなたには随分と、健四郎のことで世話になったでのう」

「浅井の旦那の頼みごとですもの、何ということはありませんや」

「さあ、今夜は思い切り、飲もうぞ」

善次は日頃と違い、妙に明るく振舞う信之助が気にかかった。

信之助の（覚悟を決めた）別れの宴に、気づくはずもない。

「旦那、今夜はいやに張り切っていなさるようだが、どうかしなすったのですかい」

様子探りの言葉をかけた。

「健四郎のことも決着がついて、のう」

「悪行をばらしなすったのですかい」

「いや、思いのほか素直に改悛《かいしゅん》してくれたのじゃ」

「まさか⁉　本当ですかい」

善次は健四郎を調べただけに、心《しん》から信用しなかった。

それにしても信之助の態度に、ずっと違和感を感じつづけた。

「さあ、飲め」

信之助は善次に、しつっこいほどに酒を勧《すす》めた。

「飲む相手が楽しいと、本当に酒って美味《おい》しいものだのう」

「あっしだって、同じでござんすよ」

二人は不思議と、いつ会っても息が合った。

男の友情というものだった。なぜか心を引き合うものがあるのか、一緒に酒を酌《く》み交《か》わすだけで楽しい時を過ごせた。

「そなたにも、大変世話になったのう」

信之助は、感慨深《かんがいぶか》げに言った。

「何ですよ、浅井の旦那。これじゃ、まるで別れの宴《うたげ》じゃありませんか」

善次は、ずっと感じていた違和感を素直に告げた。

信之助は、珍しく酩酊《めいてい》したような様子を見せた。いつも気分良く付合ってくれた普次への最後の別れと思い、やはり信之助も自然体ではおれなかった。

「実はな、善次、儂《わし》は健四郎を許したのだ」

「どうしてです、あんな悪党を野放しにする手はありませんや」

「美佐殿の夫だから、のう」

「だから、許すというんですかい」

善次は、まさに不満でならないという態度を露骨に現わした。

「一筆、美佐殿宛に悪行は一切やらぬと、誓約書を書いてもらった」

「そのことは、鈴木の奥方様は知っていなさるのですかい」

「いや、美佐殿には内緒のことだ」

「でも、奥方様宛なんでしょ」

「健四郎に儂《わし》宛でなく、自分の妻への誓いとして約束して貰った」

「奥方様には、お話されないんですか」

「そうとも……。美佐殿に心配と苦労をかけぬのを願ってのことだ」

「なるほど、浅井の旦那の幼い時からの深い思いでございんすね」

「だから、健四郎がふたたび悪行に走るとは思わぬが、念のため書付《かきつけ》をそなたに預かっておいて欲しいのじゃ」

信之助はそう言うと、懐《ふところ》から先程の健四郎の書付《かきつけ》を出した。

「善次にこれを託すゆえ、健四郎の行く末を見ていてくれぬか」

「ということは……。もしかしたら、浅井の旦那は死を覚悟していなさるのではありますまいね」

善次は、声を荒らげた。

「左様、ご明察じゃ。儂《わし》は健四郎を救うために、死ぬつもりでいる」

「なんでえ、何故《なぜ》、あんな男のために死ななくちゃならないのです」

「儂は健四郎のために死ぬのではない。美佐殿を守るため、死を捧げるのだ。分かってくれよ、善次」

少し涙声にも似た寂しい声で、信之助は言った。

「あっしは、諦《あきら》めきれねえ。何で浅井の旦那と、別れなくちゃならないんでえ」

善次は、目に一杯の涙を溜めて叫んだ。

「有難うよ、善次。そなたは心の底からの、儂《わし》のもっとも親しい友だった」

「何を言いなさる。そんな別れの言葉なんか、聞きたくなんかねえや」

「済まぬが、この書付だけは確《しっか》りと預かっておいてくれ」

嫌がる善次に、健四郎の誓約書を手渡した。

と同時に、信之助は腰の印籠《いんろう》をはずすと、善次の前に置いた。

「これは浅井家に代々、継《つ》がれた印籠じゃ。これを、そなたに形見《かたみ》として遣《つか》わそう。受け取ってくれえ」

「なんでえ、あっしは嫌《いや》ですよ」

善次は、形見など受け取れぬと突《つ》っ撥《ぱ》ねた。

印籠はかなり値打ちものらしく、黒い漆塗《うるしぬ》りの中に桔梗《ききょう》の家紋が白に近い薄紫色《うすむらさきいろ》で描かれ、浮き出ていた。

「儂《わし》の家は貧しいゆえ、金目のものはない。これだけが、昔から伝えられてきたものだ。だから儂の一番の気に入りのもの、それをそなたに貰って欲しい」

信之助は有無を言わせぬよう、善次の手に握《にぎ》らせた。

「許しておくんなせえ」

善次は、一度も見せたことのない男の涙を流した。

「善次、最後の酒じゃ、そなたの笑顔を見せてくれよ」

信之助は盃に酒を注《そそ》ぎながら、笑《え》みを零《こぼ》した。

「善次、儂《わし》がこれからやることを胸におさめておいてくれ」

「浅井の旦那、一生、あなたのことは忘れはしませんぜ」

善次は信之助の覚悟が並ではないと感じ、涙を拭くのも忘れながら信之助の盃へ、お返しの酒をついだ。

短い付合いではあったが、お互いに心を許しあえる仲だった。

旗本の侍と用心棒暮しの無頼者という、奇妙な関係ではあったが、男と男の深い友情で結ばれていた。

翌朝、七つ刻（午前四時）に、信之助は目を覚《さ》ました。

まだ暗い夜明け前だったが、家人《けにん》の阿部五郎左衛門を面前にした。

「五郎左衛門、儂《わし》は今日を限りと、家に帰れぬかも知れぬ」

「何ということでありますか、旦那様」

「都合があってのう、死を覚悟してやらねばならぬことがある。依って、家計のことは一切、そなたに任せきりだが、下男の忠蔵や賄い女のお鈴《すず》の今後の生活が成り立つように、お金を分配してくれえ。残りは、そなたが自由に使うが良い」

信之助は、浅井家に仕《つか》えた者達への処分を頼んだ。

突然の話に驚き、どのように対応してよいか、ただ戸惑った。

「世話になったのう、五郎左衛門」

信之助は、ねぎらいの言葉を伝えた。

「旦那様、何を仰せられまする……」

白髪《しらが》混《ま》じりの阿部五郎左衛門の顔は苦渋《くじゅう》に溢れ、何も答えられなかった。

別れを告げた信之助は、七つ半刻（午前五時）前に家を出た。

二十八

まず信之助が向かった先は、薬研堀側《やげんぼりそば》のお英《ふさ》の家であった。

東の空が白《しら》んでくるまで、まだ時間がかかった。（とん、とん）と玄関口の戸を叩いたが、すぐには応答はなかった。

数回叩くうちに、小間使いらしい小娘が目を擦《こす》りながら出てきた。

「何でしょう」

まだ、寝ぼけ顔のままでいた。

「お英殿は、お出《い》でかな。鈴木殿の使いの者です、と伝えて下され」

信之助が伝えると、小娘は黙って引っ込んだ。

信之助はすっと家の中へ入ると、お英の部屋へ気づかれぬように付いていった。

「こんな早ようから、何ごとですか」

お英も目覚《めざ》めたようだ。

そこですぐに、信之助は小間使いの小娘に鳩尾《みぞおち》をくらわせ、気絶させた。

「あっ！　あなた様は先日の……」

お英は身近《みぢか》に迫った信之助の姿に驚き、悲鳴に近い声を出した。

「そなたの存在は、美佐殿を悲しませる。死んでもらうより、仕方がない」

信之助は小さく呟《つぶや》き、ぐさりと刀を胸に突き刺した。

（あっ）という間もないまま、お英は死んだ。信之助は骸《むくろ》に両手を合わせると、その場から去った。

次は、柳橋近くの千成亭へ向かった。

信之助は元の道へ引き返し、広い両国広小路を横切ると、今度は神田川沿いの千成亭へと急いだ。

漸《ようや》く陽も光を放《はな》ち、明六つ刻（午前六時）の『時《とき》の鐘《かね》』が響き渡った。

「御倉屋利左衛門《みくらやりざえもん》殿は、ご在宅かな」

戸を叩いて尋ねた。

「はっ、どちら様でございますか」

番頭らしい男が在宅か不在かの返事もせず、まず疑いを持ち、訪問者の正体《しょうたい》を知ろうとした。

「儂《わし》は鈴木健四郎が控え帳を持つ、浅井信之助と申す」

これで、先方には理解できるはずだ。

信之助の存在は、もう御倉屋利左衛門自身も十分に知り尽くしている。間もなく番頭がふたたび現われ、丁重に奥の部屋へと案内した。

信之助が席に着くと、すぐに御倉屋利左衛門が顔を出した。すでに目を覚《さ》ましていたのか、すっきりとした顔付をしていた。

「如何《いかが》されました。こんな早ようからのお訪ね、ご決断がついたのでございますか」

御倉屋利左衛門は、商売人らしい慇懃《いんぎん》さで挨拶した。

接待攻勢やら、闇討《やみう》ち、家捜《やさが》しなどを受け、信之助もすっかり閉口し、控え帳を渡す考えで来たものとばかり思っていた。

肉付きの良い、穏《おだ》やかな顔付をしている。腰は低いが、これが曲者《くせもの》で何を考えているのか、さっぱり腹の内が分からぬ男である。

「利左衛門、そなた達の悪行の数々、十分に調べ尽くした。依って、お上《かみ》へ届けることにした」

「えっ！　何と仰せられました。控え帳をお渡し頂くのではありませぬのか」

「左様、厳格にお裁《さば》きを頂戴しようと思う」

「ご無体《むたい》な、浅井様。悪いようにはしませぬ、私どもへお返し下され」

「まだ、懲《こ》りぬようだな。それでは、儂《わし》が直接に成敗してくれようか」

「ほっほっ、ご冗談を」

御倉屋利左衛門は、どこまでも横着に終始した。

信之助の言うことなど聞き流し、自分の思《ま》いどおりに話を運ぼうとする。

信之助のお上《かみ》へ届けるという、からかい交じりの言葉にも真剣に耳を傾けようとしない御倉屋利左衛門が憎《にく》かった。

「それでは天下のためというより、美佐《みさ》殿のために死んで貰おう」

利左衛門を睨《にら》んだまま、信之助は刀を抜いた。

御倉屋利左衛門は冗談でないと知ると、腰を抜かさんばかりに仰天《ぎょうてん》した。

「へっ、お止《や》めくだされ」

悲鳴をあげて、今度は許しを乞うた。

もう、信之助は何も言わなかった。黙って刀を八双《はっそう》の構《かま》えにするや、御倉屋利左衛門の左肩口から右腹へと斬《き》り裂《さ》いた。

「うっ！」

断末魔の声を発し、ばったりと倒れた。

鎖骨《さこつ》から胸、腹へと斬り開かれ、肉が剥出《むきだ》しになり、（あっ）という間に一面、血に染まった。

二人の会話を聞かれぬように、御倉屋利左衛門が千成亭の者達を遠ざけていたから、信之助は誰に阻《はば》まれることもなく外へ出られた。

その足で、江戸城へと向かった。

だが腹拵《はらごしら》えも必要と考え、信之助は日本橋魚河岸に近い本松町の飯屋《めしや》へ寄った。人を斬ったあとでも、武士の嗜《たしな》みは整えておきたい。信之助は実際、生《なま》の人間を斬ったのは三回以上は経験していた。

もう人の死を見ても、心を乱すことはなかった。

それよりも今日の一日はまだ始まったばかりで、最後には悪の頭領の北村内膳を討ち果たさなければならない。

食後には、少し休息したいほどの気持もあった。

江戸城には五つ刻前（午前八時前）に着いたが、登城する人目を避けて大手門の前で待った。ずっと物陰に隠れ待ちつづけていると、四半刻《しはんどき》（三十分）も経《た》った頃、北村内膳が登城してきた。

勘定吟味役の控えの間は、本丸の中之間詰である。

大手門を抜け、本丸へと向かうところを、信之助はすぐに後《あと》を追った。大手三之門前の下乗橋へ来た時に、信之助は北村内膳に声をかけた。

「やい、悪党！」

信之助の溜めてきた鬱憤《うっぷん》だった。

「何奴《なにやつ》だ」

北村内膳は、後ろを振り返った。

恰幅《かっぷく》の良い男で、周囲をつねに威嚇《いかく》する雰囲気を備えていた。まさに権威をふるい、自分が思うがままに生きてきた男の姿である。

信之助は面前に立ちはだかると、

「思い知れ」

と声を発するや、刀を抜いて正面から即座に斬りつけた。

斬られた北村内膳は、反射的に仰向けに倒れかかった。すると、信之助は突きだした腹に向かい刀を深く刺し、腸の中で刀を捻《ひね》った。

「うっ、う……」

苦悶の表情をみせ、北村内膳は悶絶《もんぜつ》して果てた。

日頃は澄《す》まし、平気な顔のままで悪を働く男は絶対に許せなかった。悪行のすべてを指示したのが北村内膳ゆえ、成敗しても許せぬ気持に溢れた。

刃傷《にんじょう》を起こすや、信之助は登城中の武士達にすぐに捕り押さえられた。間もなく、目《め》付《つけ》の仁平忠勝が駆けつけ、事件に対する取調べを受けた。

仁平忠勝は以前、槙正太郎や高村正蔵の死の際も担当した目付である。

「城内で、なんで無体《むたい》な行為をした」

まず殺害の原因を問いつめてきた。

だが信之助は、

「遺恨《いこん》でござる」

としか言わなかった。

あとは一切の弁明もせず、無言を通した。

二十九

午前中、間《ま》をおいては仁平忠勝が、

「何故《なにゆえ》じゃ」

と何回も問いつづけた。

「浅井殿、儂《わし》には解《げ》せぬのだ。支配勘定の周辺だけに、変な死人が次から次に起きたではないか、今回の刃傷沙汰《にんじょうさた》もそれと何か関係があるのではないか」

と同じ質問を浴びせた。

「いいえ、私めだけの遺恨《いこん》でござる」

信之助も終始、同じ答えしかせず、あとは沈黙を守った。

事実を証言すれば健四郎の悪行がばれてしまい、美佐を守りたい目的が達成できない。本当のことだけは、口が裂けても言えなかった。どんなことがあろうとも、美佐には不安や悲しみをあたえたくない。

信之助の身柄は即日、勘定吟味方改役の権藤又十郎へ預けられた。

まさに奇縁《きえん》としか言いようがない。自分の嫁にと縁談話を打ち明けられた家へ、身を寄せられるとは不思議な思いがした。

仁平忠勝は取調べのあと、すぐに上司の若年寄《わかどしより》へ報告した。城内では、朝の刃傷騒ぎで騒然としていた。

若年寄の大岡忠固《おおおかただかた》、松平忠篤《まつだいらただあつ》、本多忠徳《ほんだただのり》、遠藤胤統《えんどうたねのり》、本庄道貫《ほんじょうみちつら》、酒井忠砒《さかいただすく》らは早速、協議し合うと、信之助の行為を死罪と決定し、老中へ上申した。老中の阿部正弘《あべまさひろ》、牧野《まきの》忠雅《ただまさ》、戸田忠温《とだただはる》、松平乗全《まつだいらのりやす》、松平忠優《まつだいらただまさ》、久世広周《くせひろちか》ら六人も、優先に相談を重ね、死罪は免れぬとしても切腹か、どうかで紛糾《ふんきゅう》した。

平の武士とはいえ、歴《れっき》とした旗本である。遺恨の理由がはっきりせぬが、打首《うちくび》にもできず、切腹を命ずることにした。

すぐに筆頭老中の阿部正弘が十二代将軍家慶《いえよし》に上申、承認を得たあと、『上意《じょうい》』の使いをだした。使いは目付の仁平忠勝が勤め、番町の権藤又十郎の家へ向かった。

一方、町方でも大騒ぎが起きた。一度に二人の斬殺《ざんさつ》死体が出たから、北町奉行所の与《よ》力《りき》の平田稔と同心《どうしん》の村上善之助、拝島虎造が探索に乗りだした。

この時も偶然にも、高村正蔵と同じ顔ぶれだった。ただ奉行も八月に就任したばかりの井戸覚弘《いどさとひろ》であり、率先して下手人の逮捕を優先するように厳命した。

もちろん岡っ引の勝三親分も、縄張内《なわばりない》の出来事であり、真剣に取り組んだ。善次も応援に駆《か》りだされたが、あまり乗気《のりき》にはなれなかった。というのも、下手人は誰であるかを知っていたから、当然のことだ。

到頭《とうとう》、浅井の旦那がやりなすったなとの思いしかない。

権藤又十郎の家では目付の仁平忠勝が上使《じょうし》として訪ね、

「浅井信之助、城中にもかかわらず、刃傷《にんじょう》を起こしたこと許しがたい。本来ならば、打首《うちくび》にするところなれど、旗本の立場なれば罪一等を減じ、切腹を命ずるものなり」

と罪状を読みあげた。

信之助は平伏し、『上意』を聞いた。どんな罰も受けようと覚悟していたが、武士の情で切腹を命ぜられて嬉しかった。権藤又十郎も同席しており、

「良かったのう、浅井殿」

と信之助へ同情的に言った。

「なお、本日中に実行せよ」

仁平忠勝は切腹を夕刻までに、完了するよう言い渡した。

「それに介錯人《かいしゃくにん》も準備してきておる。用意ができたら、いつでも言うて下され」

とも言った。

「忝《かたじけ》のうござる」

信之助は、丁重に礼を述べた。

「いや、公儀《こうぎ》の仕事ゆえに礼には及ばぬ」

微《かす》かな笑《え》みを浮かべ、仁平忠勝は会釈《えしゃく》した。

何か知らぬが目付の仁平忠勝は信之助に対し、好意的に振舞った。

「浅井殿、ずっと、そなたは遺恨のみと言うてきたが、本当のところはどうだったのだ

ろう。もう最後ではないか、真実のことを教えてはくれまいか」

やんわりと、仁平忠勝は聞いた。

「相済《あいす》みませぬ、最初から個人的な恨《うら》みだけでござる。他には、何もござりませぬ」

信之助の答えは、当初からひとつも変わらなかった。

「左様でござろうか、儂《わし》はずっと奇異に感じている。勘定方の同じ部署から、三人の変死者が出たのは、何か因果関係があるに違いないと読んでいるが……」

仁平忠勝は、あくまでも納得できぬ様子を見せた。

「さあ一向《いっこう》に、私どもには分からぬことでござりまする」

信之助も、本当のことは絶対に口にはしない。

「そうか、のう」

仁平忠勝は疑問が解《と》けぬのか、首を捻《ひね》りつづけた。

「さあ、浅井殿、細《ささ》やかな別れの宴をつくってござる」

権藤又十郎が、表座敷へ案内した。

「ご親切なお持て成し、痛み入りまする」

信之助は素直に、感謝の言葉を述べた。

「仁平殿も宜《よろ》しければ、浅井殿との別れの宴に参加して下され」

権藤又十郎は、仁平忠勝も誘った。

「左様じゃのう、浅井殿が構わなければ、参加させて貰いましょうか」

「どうぞ、私めは一向に構いませぬ」

信之助は、権藤又十郎の優《やさ》しさが嬉しかった。

宴席には、心をこめた肴《さかな》と酒が整えられていた。信之助の嫁にと進められた娘の綾《あや》も、盛装して待ち受けていた。

「本来ならば、浅井殿と綾との宴席となるべきところが、別れの宴席を準備するとは不思議な縁《えにし》じゃのう」

感慨深げに、権藤又十郎は言った。

「そういうことでありましたのか」

仁平忠勝は、二人の関係を初めて知って驚いた。

「ご親切なお話を頂戴しながら、こんな羽目になり、申し訳ありませぬ」

信之助は深々と、頭を垂れた。

「だが最後の別れができたのも、神の思召《おぼしめ》しでござろう。のう、綾《あや》」

綾はうっすらと涙を浮かべ、信之助の盃に酒をついだ。

綾からは、何も言葉は発せられなかった。ただ、俯《うつむ》き加減に信之助との別れを惜しんでいるように見えた。

信之助はひとくち酒を口にすると、

「権藤殿、綾殿、有難きお持て成し、心より頂戴いたしました」

と礼を述べ、同時に目付の仁平忠勝に、

「お待たせ致しました。私めも、心の準備が整ってござる、お頼み申す」と伝えた。

信之助は別室で白装束《しろしょうぞく》に着替え、庭先の切腹の場所へ現われた。丁度、夕暮れが迫っていた。信之助は（ふーっ）と、息を吐いた。

思えば昨日から今日にかけ、忙しい一日であった。信之助は、(健四郎のために死ぬのではない、美佐殿のために死ぬのだ)と思うと、何も怖《こわ》いものはなかった。

信之助は落着いたまま、刀の中央から下に懐紙《かいし》を巻き、手に握った。腹の前の衣服を開け、ぐっと刀を突き刺すと横へと切り裂《さ》いた。

信之助には、少しも苦悶の表情はなかった。

「介錯《かいしゃく》を致そうか」

脇に控える者が問いかけると、

「いらぬ！」

と、最後の声をふり絞《しぼ》って言った。

信之助は剣の技はもちろんのこと、武士としての嗜《たしな》みも十分に心得ていた。周囲の者を驚嘆させるほどの、切腹の作法を完全に熟《こな》した。

臆《おく》しもせず、死への迷いも一切、見せなかった。

腹を割《さ》き終わると、すぐに左首の頸動脈《けいどうみゃく》を斬った。凄《すご》い血を吹きだしながら、信之助は絶命した。介錯人の手も借りぬ、武士らしい死様《しにざま》を見せた。

死の直前、信之助は、

（美佐《みさ》殿の憂《うれ》いの目は、何であったのだろう）

との疑問が頭の中を過《よ》ぎった。

三十

当然、健四郎は城内で、信之助による刃傷騒ぎが起きたことは知っていた。だが何ごとも関係ないように、素知らぬふりを通した。

北村内膳との繋《つな》がりも、一切なかったかのような態度を取った。二人の深い関係を知る者はすべて、この世から去ってしまったからだ。

暫《しばら》くは、健四郎は誓約書に誓ったように仕事一途《しごといちず》に精を出した。

半年が過ぎた嘉永三年（一八五〇）四月になると、健四郎は異例の早さで勘定吟味役へ昇進した。それから、四、五カ月が過ぎた。

信之助が亡くなってから、まだ一年も経《た》たなかったが、健四郎が可笑《おか》しな動きを見せ始めてきた。札差商《ふださししょう》の冨貴屋粂右衛門《ふきやくめえもん》と深い関係を結び、同時に春先から勘定方の支配勘定役に就いたばかりの加東左馬之助《かとうさまのすけ》を手懐《てなず》けだした。

加東左馬之助は当初から、優秀な人材として評判の男である。

健四郎が初めて役職に就いた時と、まさに同じような人物であった。三人の組合わせは、以前の悪行を重ねた時とまったく同じ組合わせといえた。ただ頭領が、北村内膳から健四郎に代わっただけに過ぎない。

一度知った甘い汁は忘れ得ぬものがあるのか、健四郎は一年ほど前、信之助が諫言《かんげん》して自分に代わって死んだなど、完全に忘れてしまっていた。

善次は信之助の死後も、ずっと死を悼《いた》み、偲《しの》びつづけていた。それゆえ信之助が死の直前に告げた遺言、

「健四郎の行く末を見ていてくれ」

の言葉は、決して忘れてはいなかった。

時折、時間をかけては、健四郎を観察しつづけた。そのせいか、健四郎の可笑《おか》しな行動も十分に察知した。

「鈴木の奴《やつ》、また同じような悪巧《わるだく》みを始めたな」

善次は、舌打ちした。

健四郎の悪の再発を知ると、善次は信之助に託された誓約書をぐっと握り締めた。あれ以来、肌身から離さずに懐奥《ふところおく》にしまい込んでいたからだ。

「これじゃ、浅井の旦那の死が無駄になるじゃねえか」

唾棄《だき》するように呟《つぶや》いた。

それればかりではなかった。健四郎は、また新しく妾《めかけ》をつくり若い女を抱えた。冨貴屋粂右衛門も、やはり自分の女に料亭をやらせて、店の名は『近江屋《おうみや》』といった。多分、冨貴屋粂右衛門か、女将《おかみ》が近江地方の出身であったのだろう。先の千成亭とは、神田川を挟んだ対岸の平右衛門町にあった。

最近では、近江屋でよく健四郎と冨貴屋粂右衛門、支配勘定の加東左馬之助が打合わせを重ねだした。

善次は、新しくできた悪の仲間達を見逃すことはなかった。

「鈴木は、許せねえ！」

怒りをあらわにし、体をぶるぶると震《ふる》わせた。

これでは浅井の旦那は犬死《いぬじに》じゃないかと思え、悲しみと同時に悔《くや》しさが込みあげてきた。(このままにはしておけねえ）と考えると、善次は健四郎の後《あと》をつぶさに尾行して探りはじめ、報復するしかないと決断した。

狙うなら、近江屋にきた帰りを待伏せするのが、一番効果的に思えた。

両国広小路側の千成亭は、御倉屋利左衛門が殺されて以来、閉め切られたまま荒れ放題になった。あれほどの立派な店も、今では幽霊屋敷と同然に見えた。

その柳橋の辺りで、善次はじっと健四郎に出くわすのを待った。

今夜も冨貴屋粂右衛門と、米の蔵前相場の件か何かで相談しているに違いない。夜更《よふ》けた四つ刻（午後十時）頃になり、漸《ようや》く健四郎は近江屋の門前に現われた。以前の北村内膳と同じ頭巾姿《ずきんすがた》で、外からは誰であるか絶対分からぬように隠した。

勘定吟味役になって、ますます恰幅《かっぷく》の良さと貫禄を強めた。近江屋へ出かける時は、身を伏せての行動ゆえ、供《とも》の者も一人しか付けていなかった。

神田川沿いの平右衛門町から柳橋に差し掛かったところで、善次が立《た》ち塞《ふさ》がった。

「やい！　そこの裏切り者め」

善次は、罵声《ばせい》を浴びせた。

「何者だ、無礼者！」

健四郎は、目を透《す》かして見つめた。

「お前《めえ》は、俺のことは知らねえだろうが、俺はずっとお前《めえ》のことは知り過ぎるぐらいに知っていらあ」

善次は、侮蔑《ぶべつ》する思いで怒鳴った。

「何か用でもあるのか、それとも銭《ぜに》が欲しいのか、それなら少しぐらい、恵《めぐ》んでやっても良いぞ」

健四郎は、いかにも横柄な言い方をした。

「阿呆《あほう》、物盗《ものと》りなんかじゃねえや」

善次は、はらわたが煮えくり返るほど怒り狂っていた。

「知らぬ男など相手にはできぬ、さあ参《まい》ろう」

供《とも》の者に、先を急がせようとした。

「だから、言っているじゃねえか。お前《めえ》は知らなくとも、こちとらは一年以上前から知っていると」

食い下がって、体を引こうとしなかった。

「儂《わし》は存ぜぬゆえ、何か用なら早く申すがよい」

冷ややかに言った。

「お前《めえ》、浅井の旦那との約束、忘れちゃいねえだろうな」

善次は、睨《にら》んで言った。一瞬、健四郎は（はっ）とした。

「浅井とは、浅井信之助のことか」

「そうよ。その浅井の旦那との約束、忘れてはいねえだろうなと言っているのよ」

「約束とは、何のことだね」

善次が誓約書を持っているとは露《つゆ》知らず、健四郎は惚《とぼ》けた。

「浅井の旦那が、お前《めえ》の身代りになって死になさったのも、知らねえとは言わせねえぞ」

「はっはっ、何を抜かす」

途端に、笑いで誤魔化《ごまか》そうとした。

「俺は、浅井の旦那から証拠の書付《かきつけ》を預かっているんだ」

絶対的な言葉に、健四郎は一瞬、たじろいだ。

「信之助と、そなたは知合いだったというのか」

「知合いとかいうもんじゃねえや、浅井の旦那は俺の命よ。それほど深い仲だったんでえ、お前《めえ》の裏切りは絶対に許すことはできねえ」

言い終わらぬうち、素早く供《とも》の者の腹へ強烈な一撃を加えて倒した。

健四郎は（むっ）と、刀を抜き身構えた。

善次が喧嘩《けんか》殺法《さっぽう》の上地流《うえちりゅう》の流れをくむ空手《からて》の名手であるとも知らず、健四郎は善次の無手に安心して、思い切り斬りつけていった。

素早く身をかわした善次は逆手《さかて》から迫《せま》り、健四郎の刀をもぎ取り、足を掛けて仰向けに転《ころ》ばせた。善次は、信之助を無駄死《むだし》にさせた健四郎が憎《にく》かった。

一撃《いちげき》で殺すには惜しいと思った。ゆっくりと、苛《さいな》んでから殺したかった。信之助への誓いも無視するような男は、じっくりと苦しみを味わわせたかった。同じ殺し方でも、安楽には死なせたくはなかった。

まず左右の腕の骨を打砕《うちくだ》き、次に両足の骨を完全に折った。つづいて胸に一撃を加え、最後の止《とど》めに首の骨を断《た》った。

健四郎は、まさに無惨な撲殺《ぼくさつ》死体となり、転《ころ》がった。

三十一

健四郎と供《とも》の者の死骸は、柳橋の袂《たもと》に翌朝まで晒《さら》された。

健四郎の体は、操《あやつ》り人形の糸が切れたように、変に体がまがった不様《ぶざま》な格好をしていた。

岡《おか》っ引《ぴき》の勝三親分は自身番からの連絡を受け、手下の留吉を連れて取調べにやってきた。

すぐに善次も、呼出しを受けた。

「酷《むご》い殺され方じゃねえか」

岡っ引の勝三は一瞥《いちべつ》すると、目を背《そむ》けた。

「刀や刃物での殺しではないが、これは堅《かた》い棒《ぼう》か、空手《からて》を使った仕業《しわざ》だな」

勝三は死体を検分しながら、首を捻《ひね》った。

「確かに、そうですね」

善次は、知らぬふりをして相槌《あいづち》を打った。

「こうなっちゃ、お武家《ぶけ》も見られたもんじゃねえな」

岡っ引の勝三は、少しでも殺しの痕跡《こんせき》はないかと健四郎の死体を探った。

「やはり空手による撲殺《ぼくさつ》だな、これだけの腕の者となると、そんじゃそこらにはいねえ筈だ。もしかしたら善次、お前《めえ》じゃねえだろうな」

じろりと疑いの目をし、冗談めかしに言った。

「よしておくんなせえ、滅多なことを言われちゃ困りますぜ」

善次は、両手をふって否定した。

(危《あぶ》ねえ)

勝三親分の言葉に、善次はひんやりとした。それに、

（鈴木なんかの悪党のために、捕まりたくなんかねえや）

との思いも強い。

そうこうしているうち、北町奉行所の与力や同心がやってきて、ふたたび取調べを開始したが、身元が勘定吟味役のせいか目付の仁平忠勝も現場に現われた。

調べを終えて死骸の処理をほどこし、仁平忠勝は、

「殺し方から、あれは恨《うら》みを抱く者の仕業《しわざ》に違いない」

と首を捻《ひね》った。

ここ一年半の間に次から次へと、勘定奉行の役人達の死に疑問が湧き、奇妙に思えて仕方がない。特に支配勘定の同じ職場にいた者ばかりの死が、不可解でもある。勘定吟味役の鈴木健四郎も、元は支配勘定の出身であった。

昨年の槙正太郎の自害とも他殺とも分からぬ首吊《くびつ》り、高村正蔵の切腹に見せかけた他殺、間崎誠之への斬殺、浅井信之助の北村内膳への刃傷事件《にんじょうじけん》など、解《げ》せぬ事件ばかりが立《た》て続《つづ》けに起きた。

案外、すべての事件の根は一つではないのか。そのため仁平忠勝は鈴木健四郎の死を、詳細に調べる必要があると感じた。

まず殺された場所、柳橋の近辺から探る必要があると、早速、仁平忠勝は町方《まちかた》の与力、同心を使い、周辺をあたらせた。すると、健四郎が神田川沿いの平右衛門町の近江屋に、よく出入りしていた情報を掴《つか》んだ。

それに近江屋の主人《あるじ》の冨貴屋条右衛門は、浅草蔵前の札差商《ふださししょう》でもある。証拠を掴《つか》もうとよく調べると、支配勘定の加東左馬之助の存在が分かった。二人を引っ捕らえて、糾問《きゅうもん》をつづけると、鈴木健四郎のもと悪行を重ねたと白状した。

目付の仁平忠勝は、以前も同じような悪行があったに違いないと、徹底的な調査の必要性を感じた。早速、それらの疑問を若年寄、老中らに訴え、若年寄、老中の諒解を得て勘定吟味方と、勘定奉行所からなる特別な『調べ方』をつくり再捜査を始めた。

健四郎の職場やら、自邸などを徹底的に調べさせた。

すると以前に、間崎誠之《まざきまさゆき》から手に入れた不正記録の書類が見つかったではないか。それを辿《たど》っていくと、どうであろう。浅井信之助が殺した勘定吟味役の北村内膳や、札差商の御倉屋利左衛門《みくらやりざえもん》との関係も分かった。

調べれば調べるほど、三人が働いた数々の不正な証拠が発見された。やはり健四郎が勤めた支配勘定の職場に、深い関係があるに違いないと仁平忠勝は睨《にら》んだ。

槙正太郎《まきしょうたろう》、高村正蔵《たかむらしょうぞう》、間崎誠之のすべてが、北村内膳、鈴木健四郎、御倉屋利左衛門ら、悪行を重ねた者達の犠牲に思えて仕方がない。仁平忠勝は漸《よう》く事件の全貌を掴《つか》んでくると、信之助の刃傷事件《にんじょうじけん》も、健四郎の殺され方にも納得がいった。

もやもやとした、あらゆる事柄の辻褄《つじつま》もあい、十分に理解することができた。だが幕府の公金を横領するとは、絶対に許しがたい行為に違いない。ただちに処分の再会議を開き、北村内膳と鈴木健四郎の家を断絶にすると決定した。

墓に埋められた死骸も掘りおこし、数日間、晒者《さらしもの》にしたあと、罪人を埋める無縁墓地へ移した。当然、御倉屋も札差商からの永久追放を受けた。

美佐《みさ》には数日の間に、目まぐるしい出来事が次から次へと起きた。若い妾《めかけ》を抱えていたのは、ずっと以前から知っていたが、無様《ぶざま》な無惨な殺され方だけでなく、自分の夫が悪辣《あくらつ》な行為を重ねていたなど信じられなかった。

信之助が一番、心配していた結果が表面化した。

丁度その頃、悲嘆にくれている美佐を、善次が訪ねた。最初は無頼の者の姿のせいで取次の者も躊躇《ちゅうちょ》したが、信之助の書付《かきつけ》を届けに来たと告げると、美佐はすぐに庭先へ通させた。善次は、昨年来の経緯《いきさつ》をくわしく説明した。

じっと涙を溜めて聞いていた美佐は、

「信之助殿は、健四郎殿の身代わりとなって死んでしまわれましたのか」

と、問《と》い質《ただ》した。

「左様でござんす。悪の仲間達を断ち切るため一人で成敗《せいばい》され、鈴木健四郎さんのことは一切明かさず、公儀《こうぎ》の罰を引受けなさったんでさ」

「何ということでありましょう」

美佐は罪深い内容に驚愕《きょうがく》し、暫くは口も利《き》けなかった。

「ご覧下され、これが奥方様への主人《あるじ》の誓約書でござります る」

善次は、懐奥《ふところおく》から書付を出した。

確かに宛先は、美佐宛になっていた。書かれた文字も、覚《おぼ》えのある自分の夫の健四郎のものに間違いはない。

「浅井の旦那はいつも、おっしゃっていいました。奥方様が鈴木さんの嫁になって良かったと……。それが美佐殿の幸福《しあわせ》であるからだとも、儂《わし》は美佐殿のためなら、命を捧げても構わぬとも言いなすって、それを本当に実行に移しなさったんです」

美佐は善次の話を聞いている途中、肩を震《ふる》わせながら涙にくれた。

「そうでありましたのか」

誓約書に、じっと目を釘づけにした。

「浅井の旦那は、奥方様を何よりも大事に思っていなすったんですぜ」

善次が言いかけると、美佐は堪《こら》えていたものが込みあげたのか、打ち伏して泣きくずれた。

なぜか美佐の瞼《まぶた》には、若き日の信之助の面影が浮かんだ。特に強烈に、健四郎の嫁に決まった時の別れを思いだした。私を信之助殿が強く愛していてくれたことは、十分に分かり過ぎるぐらいに知っていた。

だが親の決めた縁談には、逆《さか》らうことはできなかった。

最後には信之助も、

「美佐殿、儂《わし》などより、確かに健四郎と一緒になった方が幸福《しあわせ》になるかも知れぬ」

と思いの限りを込め、手を握り合って別れた。

美佐にも、忘れられぬ別れが思い出せる。同時に、信之助の男の優《やさ》しさを感じた。何故《なぜ》、あの時、親の反対を押し切ってでも信之助と一緒にならなかったのか、後悔の念に今更のように駆られた。

善次から経緯《いきさつ》を聞きながら、遠い過去の悲しい思いを甦《よみがえ》らせた。

三十二

それから間もなく、美佐は落飾《らくしょく》して寺へ入った。

もちろん健四郎の屋敷一切は幕府に没収され、継嗣となるべき男子もすべてが断罪に処せられた。妻の美佐は事件に一切関知しなかったと、死罪だけは免《まぬが》れた。

寺に入った美佐が守る位牌《いはい》は、信之助だけのものしかなかった。なぜか自分の夫であった健四郎のものはない。

信之助は死んだあと、初めて美佐と二人きりになれた。

今では美佐の心にあるのは、信之助ただ一人だけとなった。鈴木の家系も、美佐との間の二人の子供達もすべてが消え、健四郎との生活それ自体が心の中から消失した。

これからは信之助の側《そば》から離れまいと、美佐は思った。

寺の庭に植えられた彼岸花《ひがんばな》（曼珠沙華《まんじゅしゃげ》）は、信之助と美佐の関係を知ってか、赤々と熱い心を燃やすかのように満開に咲《さ》き誇っている。

秋も深まった頃、善次は本所回向院《えこういん》裏の甚兵衛鮨《じんべえすし》に、いつものようにやってきた。何を思い描いているのか、竪川《たてかわ》の方を眺めながら銚釐《ちろり》酒を（ちびり、ちびり）と飲みつづけていた。

「おお親爺《おやじ》、小名木川《おなきかわ》先の深川・高橋の下手《しもて》渡藩《どはん》の若様とかいった立花種恭《たちばなたねゆき》という人、今も時には来ていなさるのか」

善次が、突然に聞いた。

なぜか溌剌とした立花種恭が、急に思い浮かんだ。

「あの方だったら、とっくの昔に藩主の跡をお継《つ》ぎになったそうですぜ」

親爺が答えた。

「そうかい藩主にね、なかなか気持のさっぱりした若様だったよな」

善次はどういうわけか、面影を信之助とだぶらせた。手には信之助の形見《かたみ》の桔梗紋《ききょうもん》入りの印籠《いんろう》が、ずっと握り締められていた。

「旦那との約束を破ったあの野郎は、退治しましたからご安心して下《くだ》せえよ」

善次は心に呟《つぶや》き、形見の印籠を労《いたわ》るように優《やさ》しく撫《な》でた。


〈了〉

著者プロフィール

五藤　一芳（ごとう　いっぽう）

本名：乾《いぬい》　和義《かずよし》

昭和12年（1937）９月、鹿児島市に生まれるが、
戦災のため福岡県大牟田市に移住、
県立三池高校卒業後上京。中央大学修業。
社団法人セールス・プロモーション・ビューローの
「マーケティング」と「セールス」（ダイヤモンド社・刊）の編集、
データ通信の雑誌と単行本（企画センター）の編集制作・販売の
統括責任者、その他。
日刊「有明新報」：『白銀川《しらがねがわ》の櫨《はぜ》』、『赤い煉《れん》瓦《が》塀《べい》』連載。

本所《ほんじょ》慕《ぼ》情《じょう》

2024年６月15日　初版第１刷発行

著　者　五藤　一芳
発行者　瓜谷　綱延
発行所　株式会社文芸社
〒160-0022　東京都新宿区新宿１－10－１
電話　03-5369-3060（代表）
03-5369-2299（販売）

印刷所　図書印刷株式会社

ISBN978-4-286-25392-3